"DONIKA SHITAI!-SUMIRE in Junior high school" written by Shinichi Kurono

Copyright ⓒ Shinichi Kurono, 2010

All rights reserved.

Original Japanese edition by Rironsha Corporation, Tokyo.

This Korean edition is published by arrangement with Rironsha Corporation, Tokyo
in care of Tuttle-Mori Agency, Inc., Tokyo through BC Agency, Seoul.

Korean Copyright ⓒ 2012 by Danielstone Publishing

이 책의 한국어판 저작권은 BC 에이전시와 Tuttle-Mori 에이전시를 통한
저작권자와의 독점 계약으로 뜨인돌출판(주)에 있습니다.
신저작권법에 의해 한국 내에서 보호를 받는 저작물이므로 무단 전재와 복제를 금합니다.

어쩌다 중학생 같은 걸 하고 있을까

초판 1쇄 펴냄 2012년 1월 17일
      39쇄 펴냄 2024년 10월 1일

지은이 쿠로노 신이치
옮긴이 장은선

펴낸이 고영은 박미숙
펴낸곳 뜨인돌출판(주) | 출판등록 1994.10.11.(제406-251002011000185호)
주소 10881 경기도 파주시 회동길 337-9
홈페이지 www.ddstone.com | 블로그 blog.naver.com/ddstone1994
페이스북 www.facebook.com/ddstone1994 | 인스타그램 @ddstone_books
대표전화 02-337-5252 | 팩스 031-947-5868

ISBN 978-89-5807-364-2 03830

어쩌다
중학생 같은 걸
하고
있을까

쿠로노 신이치 지음 | 장은선 옮김

뜨인돌

한 성실한 열네 살의 자기소개서

　　　　　새 학기가 시작되고 이제 겨우 사흘 지났는데…. 완전 우울하다. 솔직히 말해서 학교 가기 싫다.

　가기 싫은 이유를 콕 집어 얘기할 수는 없지만(예를 들면 왕따라든지), 어느 날 엄청난 불행이 닥쳐와서 지옥 같은 곳으로 끝도 없이 추락할 것 같은 기분이 든다.

　그러면 나는 고통 속에서 몸부림치며 이렇게 외칠 것이다.

　'대체 왜 학교 같은 제도가 세상에 있어야 하는 건가요? 왜 비슷한 나이라는 이유 하나만으로 아이들을 같은 장소에 몰아넣고 격리하는 겁니까? 모두 완전히 다른 인간들인데, 어째서 똑같은 일을 시키는가 말이에요. 잘 생각해 보세요. 어른들 편하자고 그러는 거 아닙니까? 그렇게 안 해도 얼마든지 교육할 수 있어요. 한 사람 한 사람의 개성을 살려 주는 방법은 얼마든지 있다고요!'

　하지만 내 단말마도 헛되이 스러지고, 나는 사람들의 냉대 속에

곧 숨이 끊어질 거다. 그리고 마지막으로 이런 말을 남길 테지.

'안녕, 아빠 엄마. 낳아 주셔서 고마워요. 하지만 기왕이면 이런 세상이 아니었다면 더 좋았을 것 같아요. 사치스런 얘기해서 죄송합니다.'

중1 때부터 왠지 불행해질 것 같다고 예감했지만, 진짜로 '굉장한 불행'이 닥친 적은 한 번도 없었다.

중학교는 초등학교와 완전히 다르다. 당연한 소린가? 초등학교 5학년에서 6학년이 될 때는 거의 변화가 없었는데, 6학년에서 중학교 1학년이 된 순간 마치 다른 차원에 내던져진 것 같았다. 양쪽 다 딱 한 살 더 먹은 것뿐인데.

교복, 묘하게 높아진 철봉, 과목별로 바뀌는 선생님. 초등학교 땐 없었던 것들에 익숙해지느라 시간을 잡아먹은 것도 사실이다. 하지만 역시 제일 큰 차이는 반 아이들이다.

내가 다녔던 초등학교는 극히 평온했다. 왕따 따위는 구경도 못 해 봤다. 우리 6학년 1반 아이들은 모두 평화주의자였다. 졸업할 때에는 반 친구들 전부 목놓아 울었다. 이토록 완벽한 친구들을 강제로 갈라놓는 교육제도의 잔인함을 원망하면서 펑펑 울었던 것 같다.

하지만 중학교에 와 보니, 역시나 염려했던 일이 벌어졌다. 다른 초등학교에서 온 녀석들은 그야말로 야만인이었던 것이다. 그 아이들과 비교하면 우리들은(내 입으로 말하자니 좀 부끄럽지만) 레벨

이 달랐다.

나와 같이 1학년 3반이 된 아이들 중, 나카바라 초등학교(내가 다닌 학교다)에서 온 여덟 명의 아이들은 낯선 곳에 던져진 고양이처럼 얌전했다. 초등학교 때는 꽤 개구쟁이였던 남자아이도 다른 학교에서 온 녀석들에게 완전히 압도당한 모양이었다. 그럴 만도 하다. 책상에 침을 뱉지 않나, 교실 창문을 박살 내지 않나, 수업 시간에 야한 만화를 읽지 않나.

여자애들은 여자애들대로 굉장하다. 수업 중에 휴대폰으로 사진 찍고, 동영상 찍고, 학교에서 정해 준 책가방은 브랜드 백으로 바꿔 들고, 교복 치마는 팬티가 보일 만큼 짧다. 화장에, 염색한 아이까지 교실이 완전히 나이트클럽(가 본 적은 없지만)이다. 정말로 중학교 1학년이 맞는지 의심스럽다. '나이 속인 거지? 대체 몇 년을 꿇은 건지 당장 말해!'

난 원래 평범하고, 공부도 운동도 잘 못하니까 튀지 않도록 거북이처럼 목을 쏙 집어넣고 다닌다. 되도록 지적당하거나 걸리지 않으려고 한다. 그런데 우리 중학교는 너무 물러 터졌다. 선생님들이 의욕이 없다. 교실이 아무리 시끄러워도 야단 한 번 안 치고, 혼자 중얼거리면서 수업을 진행한다. 그러다가 쉬는 시간 종이 치면 살았다는 얼굴을 하고선 교무실로 도망가 버린다. '일단 법적 노동시간은 채웠으니 됐어. 애들이 수업 내용을 이해하건 말건 나랑은 상관없잖아. 죽이 되건 밥이 되건 알게 뭐야.' 딱 이런 느낌이다.

'이봐요, 선생님! 교직에 몸담고 있는 분으로서 좀 제대로 해 주시면 안 되겠습니까? 성실하게 공부하고 싶은 아이도 있는데, 이래 가지곤 시끄러워서 무슨 얘긴지 하나도 안 들리잖아요. 저기 종이비행기 날리는 남자애 좀 야단치라고요!' 이렇게 말해 주고 싶은 심정이다. 딱히 내가 성실하게 공부하고 싶은 아이들의 대표는 아니지만.

이런 학교다 보니, 순수했던 나카바라 초등학교 출신들 중에도 악의 길로 빠지는 친구가 나왔다. 주변 아이들과 비슷하게 교복을 줄여 입고 비슷한 머리 스타일을 하는 순간, 남자건 여자건 갑자기 180도 다른 사람으로 변한다. 엄청나게 큰 소리로 떠들고, 뛰어다니고, 갑자기 달려들기도 한다. 이제까지 심해어처럼 꾹 참고 얌전하게 지낸 것에 대한 반동임에 틀림없다.

나는 그런 녀석들을 보면서 분노에 떨었다. '나카바라 초등학교의 혼은 어디다 두고 온 거냐! 순수하고 천진난만했던 마음은 잊어버린 거냐? 미노베 선생님(6학년 때 담임)께서 울고 계신다!'라고 외쳤다. 마음속으로만….

내가 초등학교 시절에 유달리 선생님한테 총애를 받거나 성실했던 건 아니다. 하지만 그건 내 상식이었고, 반의 상식이었으며, 나카바라 초등학교의 상식이었다. 그래서 마음이 편했다. 이대로 초등학교 과정을 10년 더 반복해도 좋겠다고 생각했다. 진심으로.

하지만 지금은 최악이다. 주변을 둘러보면 모두들 봄인데, 나한테만 겨울바람이 쌩쌩 분다. 반에 친구가 없는 게 가장 큰 문제다.

다행히도 단 한 명, 고토코라는 친구 덕에(절친은 아니다) 절대고독 상태만은 면했다. 항상 둘이서 같이 도시락을 먹었다. 하지만 절대로 그 상황에 만족했던 건 아니다. 고토코에겐 미안하지만.

그렇게 대충대충, 어찌어찌 중학교에서의 첫 일 년을 막 마친 참이다. 정말 길고 지루하고 지독했다. 이런 생활은 정말 질색이다.

그래서 중2가 되면 나 자신을 바꿔야겠다고 생각했다. 어떤 식으로 바꿀지는 아직 결정 못 했지만. 아니, 나랑 맘이 맞는 반 친구가 있으면 바꿀 것도 없이 이대로 있어도 된다. 대충 섞여서 중학생답게, 촌스럽더라도 오타쿠나 동인녀(미소년 동성애에 호감을 가지고 있는 여자 - 편집자 주) 수준까지만 안 가면 되니까.

하지만 역시 어려웠다. 반 아이들 절반이 날라리란 말이다! 평범한 아이들만 모인 그룹도 있긴 하지만, 중1 때부터 같이 몰려다녔던 애들뿐이라 날 끼워 줄 것 같지 않다. 게다가 걔네들은 왠지 이상한 분위기를 풍긴다. 나처럼 반에 어울리지 못하는 정도가 아니라, 완전히 자기들만의 세계를 만들어서 속세의 일 따윈 전부 무시하는 느낌? 이쪽도 그다지 맘에 들진 않는다.

어렵다. 현실을 직시해야 하는데, 내가 너무 복잡하게 생각하고 있는 건가? 좀 더 자연스럽게 행동하는 쪽이 좋을까? 정신 발달 속도에 순순히 따라야 하겠지. 초등학교 시절만 생각하다가는 다음 단계로 넘어갈 수 없으니 말이다.

잠깐, 그럼 중학생답지 않은 건 오히려 내 쪽인 건가? 그럴 리 없다. 아니, 잘 모르겠다. 요새 부모님이 자꾸 귀찮게 느껴지고 이런 생각을 하는 횟수가 많아졌다. 초등학교 때는 안 그랬는데. 역시 난 변한 걸까?

어쩌면 나는 내 의사와 상관없이, 이미 중학생이라는 괴물로 변해 가고 있는 건지도 모르겠다.

그런 이유로, 잠시 화제를 바꿔서 부모님 얘기를 해 볼까 한다. 내가 왜 그분들을 못마땅하게 생각하는지 짚어 보는 것도 겸해서.

먼저 엄마부터--.

요새는 어렸을 때 엄마가 하던 말이 자꾸 떠오른다.

"넌 하나를 시키면 그 하나밖에 못 해."

이 말이 어떻게 나오게 된 거냐면 아, 중요한 걸 깜빡했다. 내 소개를 해야지.

나는 아사오카 스미레. 스미레는 '제비꽃'이라는 뜻이다. 다음 달이면 열네 살, 중학교 2학년이 된다(일본은 만으로 나이를 계산하기 때문에 열네 살이면 중2가 된다 - 역주). 요코하마에서 태어났고, 취미는 그림 그리기다. 만화 「이누야샤」를 그린 타카하시 루미코 선생님의 팬이기도 하다. 장래희망은 일러스트레이터! 될 수 있으면 꼭 되고 싶다(이거 문법에 맞는 말인가?). 좋아하는 과목은 국어랑 미술이다. 좋아하는 음식은 너무 많으니까 그만두고, 그냥 아까 하던 이야기나 계속해야겠다.

내가 유치원을 다니던 시절 얘기다.

"스미레, 식탁에 있는 컵 좀 가지고 올래? 떨어뜨리지 않게 조심하고."

설거지를 하던 엄마가 말했다.

"네!"

기운차게 대답한 나는 떨어뜨리지 않도록, 컵을 두 손으로 받쳐 들고 조심조심 싱크대로 가져갔다.

"고마워. 잘했어, 스미레."

딸의 머리를 상냥하게 쓰다듬는 엄마와 어리광을 부리는 천진난만한 나. 정말 흐뭇한 장면이다.

"그럼 이번에는 저 접시도 가져다줄래?"

엄마가 식탁 위 접시를 가리켰다. 또 칭찬받고 싶었던 나는 식탁으로 뽀르르 달려갔다.

이런 일을 계속하던 어느 날. 언제나처럼 엄마가 나한테 컵을 가져오라고 시켰다. 순진한 딸내미는 "넵!" 하고 대답하고 컵을 가져온 후, 머리를 쓰다듬어 주길 바라는 강아지처럼 엄마 옆에서 기다렸다.

"스미레, 하나를 시키면 그 하나밖에 못하는구나."

네?

나는 멍하니 입을 벌렸다. 엄마 말이 무슨 뜻인지 이해가 안 갔다.

"뭐, 됐어. 저 접시도 가져다줘."

그로부터 며칠이 지난 어느 날 아침이었다. 엄마는 신문을 가져오라고 시켰다. 언제나처럼 씩씩하게 대답하고는 현관으로 뛰어나가 우체통에서 신문을 꺼내 왔다.

"그것뿐이야?"

네?

내 얼굴을 지그시 쳐다보던 엄마가 한숨을 쉬었다.

"현관에 우유 없었어?"

있었다. 하지만 엄마는 우유를 갖고 오라고는 하지 않았다.

"한 가지를 시키면 정말 그 한 가지밖에 못하는구나."

엄마는 한동안 나를 똥개 훈련시키듯이 부려먹었지만, 내가 접시를 깬 뒤로는 더 이상 시키지 않았다. 깨진 조각들을 치우려다가 쓸데없는 짓 하지 말라며 야단맞고서 서둘러 손을 빼던 게 아직도 선명하게 기억난다.

얼마 전부터 이런 기억들이 새록새록 되살아난다. 초등학교 시절에는 까맣게 잊어버리고 있었는데.

우리 엄마는 텔레비전에서 하는 말에 심하게 영향을 받는다. 바나나 다이어트가 좋다고 선전하는 프로그램을 보더니 매일 바나나만 먹었다. 병영체험 캠프에 등록하고, 에어로빅 DVD는 나오는 족족 사댔다. 하지만 살은 안 빠졌다. 애초에 그다지 많이 찐 것도 아니었지만. 즉 엄마는 새로운 것을 계속 시도하지만 금방 질려서 바로 관두는 타입이다.

텔레비전에서 교육학자인지 교수인지 하는 사람이 "아이들은 어릴 때부터 눈치가 빠른 사람으로 교육시켜야 한다"고 말한 적이 있다. 우리 엄만 그 말을 곧이곧대로 믿어 버렸던 게 틀림없다. 그래서 접시 정리나 신문 배달 같은 걸 시키면서 눈치 빠른 아이로 키우려 했던 것이다. 하지만 금방 싫증내는 성격이라 바로 관둔 거고.

내 눈치가 빨라질 때까지 계속했더라면(물론 나에겐 재앙이었겠지만) 그건 그것 나름대로 의미가 있었을 것이다. 하지만 이도 저도 아닌 게 되어 버렸으니 암담하다. 게다가 방식도 문제였다. 나는 일단 시킨 일은 제대로 한 거니까 칭찬을 받고 싶었다. 다섯 살짜리가 엄마한테 칭찬받고 싶어서 그런 거니까 어쨌든 머리를 쓰다듬어 주길 바랐다. 그런데 쓰나미처럼 불어 닥친 한마디, "넌 하나를 시키면 하나밖에 못해!" 그러다가는 이 딸내미가 돌아버릴지도 모른다. 물론 나는 돌지 않았다. 오히려 반에서는 꽤나 성실한 축에 든다.

일단, 엄마의 명예를 위해 말해 두겠는데, 우리 엄마는 상냥할 땐 무척 상냥한 사람이다. 초등학교 시절에는 이러니저러니 해도 엄마가 너무 좋았다. 하지만 이제 엄마의 상냥함 뒤에 음흉한 데가 있다는 걸 눈치 채고 만 거다. 이래서 그냥 초등학생인 채로 있고 싶었는데….

부모가 아이를 야단칠 때는 이거, 저거, 요거가 잘못되었다고 딱딱 집어서 야단쳐야 한다고 생각한다. 가령 손님이 집에 왔을 때

큰 소리로 떠들면 안 된다는 건 절대적인 상식이다. 그러니 손님이 계실 때 내가 소리 지르면서 뛰어다니고 있으면 예외 없이 야단쳐야 하는 거다. 그날 기분에 따라 혼냈다가 말았다가 하는 건 상식 이하의 행동이다. 오늘은 다이어트에 성공해서 기분이 좋으니까 딸이 아무리 바보 같은 짓을 해도 관대하게 봐주는 건 좀 아니지 않은가? 그런데 우리 엄마는 그런 행동을 아무렇지도 않게 저지른다. 뒷북이긴 하지만 중학생이 되고 나서야 그 사실을 깨달았다.

내가 초등학교 때 일이다. 근처에 사는 A 아줌마가 우리 집에 자주 놀러 왔다. 엄마랑 같이 어찌나 큰 소리로 수다를 떠는지 내 방까지 다 들렸다. 두 사람이 주 화제로 삼는 건 이웃에 사는 B 아줌마. 이 사람도 A 아줌마만큼은 아니지만 우리 집에 몇 번 왔었다. B 아줌마의 딸이 나랑 동갑이기도 했고.

어느 날 B 아줌마가 딸과 함께 만든 유부초밥을 우리 집에 가져왔다. 다같이 먹었는데 이게, 솔직히 말해서 맛이 없었다.

당시 초등학교 2학년이었던 내가 그 자리에서 맛이 없다고 말해 버렸나 보다. 그 일로 어찌나 혼났던지.

"어쩜 말을 그렇게 하니? 직접 만들어 주신 건데 실례잖아!"

뭐, 그렇긴 하다. 열심히 만든 사람 앞에서 맛 없다고 말하는 건 좀 그렇다. 그래서 바로 쿨하게 사과했다. 난 표면적으로는 착한 아이니까.

하지만 정말로 맛이 없었다. 사실을 확실하게 말해 줘야 다음부터 맛있는 유부초밥을 만들 것 아닌가? 난 그 아줌마를 놀린 게 아니다. 사실을 말한 것뿐이지.

엄마야말로 A 아줌마랑 만날 때마다 B 아줌마를 엄청나게 헐뜯는다. 어찌나 큰 소리로 떠드는지 얘기 내용이 모조리 들렸다. A 아줌마랑 엄마가 B 아줌마를 완전히 바보 취급한다는 거 다 알고 있다. 적어도 난 뒤에서 호박씨를 까진 않는다. 맛없는 건 맛없다고 친절하고 정확하게 말해 준다고! 음, 이건 자랑할 일이 아닐지도 모르겠지만.

그다음, 아빠.

집에서 얼굴도 보기 힘든 아빠. 회사 일이 바쁘니까 딸 교육은 엄마한테 다 맡겨 놨다. 하지만 집에 있을 때면 둘이서 평범하게 대화도 나눈다. 아빠랑 내 사이는 절대로 나쁘지 않다. 부녀간의 갈등, 이런 것도 없고.

그렇지만 조금만 더 깊이 생각해 보면, 역시… 좀 그렇다.

초등학교 시절 국어 성적이 올랐을 때, 아빠 칭찬 끝에 "이 기세를 몰아서 수학도 열심히 하자!"라고 덧붙였다. 난 수학이 싫다. 아빠 말이 옳기는 하지만, 그렇게 꼭 한 마디를 붙여야 하는 걸까? "국어시험을 잘 봤구나!"라고 하면 되는 거 아닌가? 이렇게 생각하는 내가 철부지인 건가?

우리 아빠는 도쿄 6대 대학 중 하나를 나왔다. '취직하고 싶은 기업 1순위(작년 기준)'인 회사에서 일하고 있고. 만날 해외출장을 갈 정도로 외국어 실력도 무척 좋다. 영어는 현지인 수준이고, 스페인어도 일상회화 정도는 한다.

단언하는데, 이런 아빠의 유전자가 나한테는 없다.

그렇다고 엄마를 닮은 것도 아닌 것 같다. 우리 엄마는 중학교, 고등학교 때 계속 농구를 했다. 도 대회에 나간 적도 있고. 하지만 난 운동도 잘 못하고 구기 종목은 특히나 질색이다.

요즘 진지하게 의심하곤 한다. 내가 친자식일까?

아빠 얘기로 다시 돌아가자. 우리 아빠는 자신의 유전자가 딸내미 몸속 어딘가에 잠들어 있다고 굳게 믿고 있다. 하지만 딸인 나로서는 절대로 그렇지 않다고 다시 한 번 말해 주고 싶다.

나에 대한 믿음 때문에 아빠는 내가 조금 나아진 것에 기뻐하기는커녕, 좀 더 높은 데를 바라보라고 압박하곤 한다. 중학교에 환멸을 느끼면서부터 성적이 점점 더 떨어지니까, 압박 강도를 더 높이는 것 같다.

"어제 밤늦게 집에 왔는데, 그때까지 네 방에 불이 켜져 있더구나. 오오, 이 녀석 정말 열심히 한다 싶더라고. 기말고사 성적은 기대해도 되겠지? 중간고사를 만회할 수 있었으면 좋겠구나."

이런 소리나 하고 말이다. 차라리 대놓고 "기말고사 공부 열심히 해"라고 말하는 편이 낫다. 내가 밤늦게까지 게임했던 거 다 알면서 일부러 그렇게 말하는 것 같을 때가 한두 번이 아니다.

그렇다고 아빠가 늘 내 성적에 신경 쓰는 것도 아니다. 주말에는 골프를 쳐야 하니까 집에 있는 적이 거의 없다. 아까 말한 것처럼 딸 교육은 기본적으로 엄마한테 일임하고 있다. 그러면서 가끔씩 나한테 관심 있는 척한다. 그런 면은 그날 그날 기분에 따라 야단치거나 용서해 버리는 엄마랑 똑같다. 역시 부부는 닮는가 보다.

아빠는 때때로 어린 시절 얘기를 꺼낸다. 아빠도 어릴 맨 공부가 싫었지만 노력해서 이렇게 성공했다며 자기 자랑을 늘어놓는다. 딱 잘라 말하겠는데 그런 얘길 들으면 점점 더 공부하기 싫어진다! 그런 것 말고, 직접 좀 가르쳐 달란 말이다. 내 영어는 완전 암울하다고.

아빠 머리도 좋고, 소리도 절대 안 지르고, 언제나 환하게 잘 웃어서 이웃들에게 평판이 좋다. 동네 아줌마들이 이상적인 남편 순위를 매긴다면 틀림없이 '베스트 3'에 들어갈 거다.

이토록 멋지고 훌륭한 아빠를 보면서 요즘 느끼는 내 감정이란… 한마디로, 맘에 안 든다.

이런 생각을 하다니 난 역시 동정의 여지가 없는 걸까? 천하의 불효녀일까?

주변에서는 나더러 외동딸이라 어리광이 심하다고 한다. 고민 상담을 해 주는 언니나 돌봐줘야 할 여동생이 있었다면 나도 이런 성격에서 벗어났을까?

하지만 몇 번이나 말했듯이 난 성실한 인간이다. 부모님과 싸우는 것도 아니고, 일단 집에서는 착한 아이로 통한다. 물론 설교 같은 걸 하려고 하면 바로 내 방으로 도망치지만.

이렇게까지 말하고 나니 역시 내가 변했다는 사실이 팍팍 와 닿는다. 충격이긴 하지만 만일 변하지 않았다면 그건 그것대로 충격이었을 것 같다.

평생 나비가 될 수 없는 불구 애벌레가 된 것처럼.

새 학기가 시작되고 2주일이나 지났다. 우리 반의 권력 구도는 점점 더 확실해지고 있었다. 물론 나는 거의 방관자고 권력 다툼에는 일절 참여하고 있지 않다.

권력 다툼이라는 표현이 오버라고? 전혀 그렇지 않다. 내가 보기에 학교라는 곳은 온갖 세력들이 난립하던 춘추전국시대랑 비슷하다. 그 속에서 나는 현대인답게 혼자서 방관하고 있는 중이다.

그럼 그 권력 구도를 조금 설명해 보겠다. 일단 여자들 한정판으로.

먼저 여자들 중에서 최상층에 서 있는 애는 이론의 여지없이 미쯔하시 아오이다. 얘가 눈에 띄는 이유는 많지만, 일단 예쁘게 생겼다는 게 제일 크다. 치마도 짧고 머리도 염색했지만 무엇보다 미인이다. 패션 스타일도 확고하다. 확고하다고 느끼는 건 내가 그런 스타일에 익숙하지 않기 때문일지도 모른다. 예전에는 저런 패션 딱 질색이었는데.

아오이는 외모 외에도 눈에 딱 띄는 장점이 있다. 영어 발음이 엄청나게 좋다. 아오이는 아버지 직장 때문에 뉴욕에서 태어났다고 한다. 계속 그곳 학교를 다니다가 초등학교 2학년 때 일본으로 돌아왔단다. 소문으로만 듣던 해외교포인 것이다.

영어뿐 아니라 다른 과목도 그럭저럭 잘하는 것 같다. 아직 시험을 쳐 본 적이 없으니까 진짜 실력은 밝혀지지 않았지만, 요전에 선생님이 아오이더러 나와서 수학 문제를 풀어 보라고 시켰는데 술술 풀었다. 나는 같은 문제를 가지고 어쩔 줄을 몰라 하고 있었는데.

체육시간에는 앉아서 구경만 하고 있지만 운동신경도 꽤 있어 보인다. 그냥 땀 흘리는 게 싫은 보양이다.

생활태도는 불량하지만 이건 뭐 우리 학교 애들이 다 그렇다. 친구들과 함께 시부야(일본의 로데오 거리 같은 번화가 - 역주)에서 자주 어슬렁거린단다. DJ인지 호스트인지랑 사귄다는 소문도 있다. 헉, 중학교 2학년인데? 나 같은 아이에겐 눈알이 튀어나올 만큼 충격적인 얘기다. 얼굴도 예쁘고 공부도 잘하니까 그냥 얌전하게 우등생으로 살아도 될 것 같은데, 왜 날라리 짓을 하는 걸까? 나처럼 평범한 인간은 이해할 수가 없다.

아오이와 같이 몰려다니는 친구들은 다카나시 유이와 시키시마 카나에다.

둘 다 아오이만큼은 아니지만 꽤 예쁘게 생겼다. 유이는 스타일이 좋은 대신 눈이 지나치게 가느다란 게 단점이다. 반대로 카나에는 약간 오동통한 편이지만, 중학교 2학년 치고는 겁날 정도로 큰 가슴 덕분에 남자아이들의 주목을 받고 있다. 당연히 두 사람 다 날라리다.

아오이와 유이, 카나에는 언제나 함께 다닌다. 카나에랑 이오이는 중학교 1학년 때부터 단짝이라고 한다. 거기에 추가된 것이 반에서 제일 키가 큰 데다 팔등신인 유이다. 이 세 사람 다음은 반에 산재해 있는 날라리 후보들이다. 이 후보 아이들은 저마다 작은 그룹으로 뭉쳐 있지만, 각자 아오이네랑 연결되어 있다.

그리고 이 세력과 대비되는 것이, 앞에서 말했던 '고잉 마이 웨이' 그룹이다. 걔네들은 꼭 사이비 종교 집단 같다. 전원이 똑같이 땋은 머리에 치마 길이는 무릎 아래고 양말목은 반드시 세 번 접어서 신는다. 심지어 도시락 먹기 전에 기도까지 한다! 하나님, 아버님, 어머님, 항상 감사합니다 어쩌고 하면서 손을 모으고 중얼중얼 거리고 있다. 위험한 집단이다.

이 종교 집단의 교주는 에지리 마이카라는 애다. 눈썹은 송충이처럼 두꺼운 데다 서로 붙을 것 같고 눈이 작다. 뭐랄까, 원시인 같은 느낌?

이렇듯 극단적인 두 그룹 사이에 끼인지라 평범한 사람으로서 뭘어떻게 해야 할지 고민 중이다. 또 투명인간처럼 조용히 교실 구석에서 숨만 쉬고 있어야 하나? 작년에는 고토코가 있었으니까 그게 가능했지만, 올해는 완전 외톨이다. 역시 혼자 고립되는 건 힘들다. 차라리 학교를 때려칠까? 난 그저 평범한 학생이고 성실하게 학교 생활을 즐기고 싶을 뿐인데 주변 환경이 전혀 도와주질 않는다.

하지만 학교에 안 가겠다고 버티면 우리 엄만 충격받아 드러누울 것이다. 아빠라면 사립중학교로 옮기는 게 어떻겠냐고 현실적인 해결책을 내놓을 것 같지만, 그 결론이 나올 때까지 날 볶아 댈 걸 생각하면 무진장 귀찮아질 게 뻔하다. 등교 거부하고, 울고불고, 단식하고, 애가 머리가 이상해졌나 싶을 만큼 온몸으로 심각성을 어필하지 않는 한 전학시켜 주진 않을 것이다.

요새 한숨 쉬는 일이 잦아졌다. 중2 소녀가 이렇게 한숨만 쉬어도 되는 걸까? 중학교 2학년이라면 좀 더 순진하고 희망으로 가득 찬 사춘기 인생을 즐겨야 하는 건데, 난 이게 뭐냐고. 누가 어떻게 좀 해 봐.

물론, 결국 내 문제지만….

이렇다 보니, 요즘 공상의 세계에 빠져 있다. 학교에 왔다 갔다 할 때나 쉬는 시간, 그리고 수업 시간에도 저쪽 세계에서 헤맬 때가 많다. 이러다 또 성적이 떨어질 것 같다.

내 공상의 바탕이 되어 주는 건 『무 대륙의 황녀』라는 외국 청소년 소설이다. 진짜 재미있는 책이라서 저절로 주인공 키야에 감정 이입을 하게 된다.

키야는 사라진 고대 무 대륙의 황녀다. 열일곱 살인데, 거울같이 반짝거리는 은발을 갖고 있다. 날씬하고, 스타일리시하고, 가슴이랑 엉덩이는 그다지 크지 않다(책에 그렇게 묘사되어 있다).

황제였던 키야의 아버지는 그녀가 어릴 때 중신이었던 고렘에게 살해당했다. 곁에 있었던 어머니도 함께 목숨을 잃었다. 하지만 키야는 유모 덕분에 혼자 민가로 내려간다. 평민으로 살게 된 키야는 악당에게 속기도 하고 돈을 뺏기기도 하면서 별의별 일을 다 겪는다. 그러다 결국 농장을 하는 어느 상냥한 부부네 집에 양녀로 들어가지만, 그걸로 끝이 아니다. 농장에서 사는 동안 자신의 숨겨진 초능력을 깨달은 것이다. 키야에게는 동물과 얘기할 수 있는 능력과 손을 대지 않고도 물건을 움직이는 힘이 있었다.

그 즈음 수도에서는 키야 아버지 대신 황제가 된 고렘이 사람들을 괴롭히고 있었다. 키야는 자신의 능력을 컨트롤하는 기술을 익힌 다음, 긴 은발을 잘라 버리고(아까워!) 양부모에게 이별을 고한 뒤(눈물 나는 전개야!) 부모를 죽인 숙적 고렘을 쓰러뜨리기 위해 길을 나선다. 과연 그녀의 운명은?

요새 나는 내가 키야라는 상상을 자주 한다. 매일 아침 학교에 가면서 새들과 이야기하고 눈빛으로 돌을 움직여 본다. 상상 속에 완전히 빠져들면 하늘을 나는 듯한 기분이 든다. 저 멀리 무 대륙이 보이는 것만 같다. 반쪽 뇌가 '아냐, 아냐, 여긴 요코하마란 말이야. 어어, 빨간 불이잖아! 스미레, 멈춰!' 이러면서 열심히 내 이성을 붙들고 있어서 아직 트럭에 부딪힌 적은 없다. 하지만 걸으면서 상상하는 게 워낙 위험하다 보니 학교에 도착하면 절로 안도의 한 숨이 나오곤 한다.

역시 이건 좀 아닌가? 완전히 현실 도피인걸.

아, 또 한숨이 난다.

그다지 내키진 않지만 여자애들 얘기만 해서는 반 전체 분위기를 파악할 수 없으니 남자애들에 대해서도 얘기를 꺼내야 할 것 같다. 초등학교 때는 나도 남자애들이랑 잘 지냈다. 때로 이상한 녀석도 있었지만 대체로 성실하고 얘기도 잘 통했기 때문에 남녀 차이를 그다지 의식하지 않았다. 정말이다! 사귄다고 소문이 나는 아이들 도 있었지만 그냥 소문일 뿐이고, 다들 정말로 초등학생다웠다.

그랬는데… 중학생이 된 순간, 남자들이 짐승으로 돌변했다!

거기, "짐승이라니 너무하잖아!"라며 눈썹 추켜세우는 남학생! 그 럼, 휴대폰으로 야동 보면서 하악거리는 게 짐승이 아니란 말이야?

무슨 일만 있으면 순식간에 몰려드는 게 남자애들의 특징. 개똥 에 달려드는 똥파리들 같다. 큰 소리로 "어얼~"하고 추임새까지 넣 는다. 그러다가 음담패설을 쏟아 내기 시작하는 것이다. 누구 가슴 은 사이즈가 어떻다느니, 누구 속옷은 무슨 색이라느니(물론 엉덩 이가 보일 것처럼 짧은 치마를 입고 다니는 여자애들도 잘한 건 아니지만). 이런 녀석들과 우호적인 관계를 맺을 수가 있겠는가? 철저하게 무 시할 수밖에.

여자애들은 표면적으로 남자들을 무시하고 있지만, 뒤로는 애교를 부린다(마이카네 종교 집단만 빼고). 결국 여자애들도 똑같다. 남자애들이 야한 얘기를 하고 있으면 "어머~ 저질!" 그러면서 귀를 쫑긋 세운다. 남자들이 어떤 여자를 좋아하는지 알고 싶은 게 틀림없다. 여자애들도 남자애들한테 지지 않을 만큼 밝힌다. 남자애들이 없는 틈을 타 음담패설을 엄청나게 쏟아 낸다.

이런 남자들 사이에서 제일 눈에 띄는 건 호소카와 타쿠지인 것 같다. 외모는 평범하다. 언뜻 보기엔 교양 있는 집 자식 같은데 학교에서는 에로 토크 대마왕이 따로 없다. 입만 다물면 진짜 좋겠는데, 답이 안 나오는 녀석이다. 타쿠지네 엄마는 아들이 학교에서 음담패설을 끝도 없이 늘어놓고 있다고는 상상도 못 하실 거다. 현실을 알면 충격받아 돌아가실지도 모른다.

집에서는 안 그러는 애들이 왜 학교에만 오면 돌변할까? 집단적 열광? 아니, 그보다는 장소가 문제인 것 같다. 수컷 그 자체인 남자애들도 지하철이나 도서관이나 백화점에서는 점잔 빼고 있으니까. 그럼 역시 학교라는 장소가 문제인가?

역시 내가 말한 대로다. 또래 아이들을 한 장소에 몰아넣으니까 음담패설 병에 집단 감염되는 거다. 그러니까 중학교 따윈 폐지해 버려야 한다. 어른이 되고 나서 한 장소로 몰아넣든지 말든지 하자. 그때까지 전원 집에서 대기! 이상 끝.

…그치만 역시 그렇게는 안 되겠지?

타쿠지의 단짝은 마미야 유타라는 녀석이다. 어쩌면 이 녀석이 음담패설 병원체의 근원일지도 모른다. 엄청나게 밝힌다. 24시간 내내 그런 것만 생각할 것 같은 얼굴이다. 등교하자마자 계단에서 누구의 팬티를 봤다는 얘기부터 꺼내질 않나. 이 대목에서 그 녀석에게 하고 싶은 얘기가 목구멍까지 올라온다.

"저기, 이제 겨우 아침 8시 20분인뎁쇼? 아침이면 머리가 멍한 저혈압 아이들도 있는데, 유타 씨는 어째서 그토록 쌩쌩한 건가요? 아침부터 코피 뿜을 기세로 여자 속옷 얘기나 떠들어대다니. 그렇게 팬티가 좋냐? 앙?"

하지만 슬프게도, 모두들 이 녀석한테 감염되고 만 것 같다. 단 한 명이라도 "여자애들이 싫어하잖아. 그만해"라고 말하는 남자애가 있다면 다시 볼 텐데.

응? 나더러 말하라고? 내겐 그럴 만한 용기가 없다. 다들 꺅꺅 소리 지르며 놀고 있을 때 혼자서 무 대륙을 노닐고 있을 만큼 소심한 여자애니까….

아, 남자애들 중에 그런 용감한 발언을 할 것처럼 보이는 사람이 하나 있긴 하다. 발언한다기보다 속으로 그렇게 생각하고 있을 것처럼 보인다는 게 더 정확한 표현이지만. 즉, 나랑 똑같다는 얘기다. 그만 좀 하라고 말하고 싶은데 못 하고 있는 것 같달까?

그 아이의 이름은 노구치 준이치. 나는 내심 준이라고 부르고 있다. 본인 앞에서 그렇게 부른 적은 한 번도 없지만. 준도 고립을 선택한 케이스다. 중1 때 친구가 반에 있긴 하지만, 그 애가 바보이자

변태인 유타의 영향을 받아 변한 뒤로는 조금 멀어진 모양이다.

　남자애들은 준에게 다가가지 않는다. '이놈은 어딘가 좀 다른데?' 하면서 경계하고 있는 것 같다. 여자애들도 마찬가지. 준을 싫어하는 건 아니지만, 그 애가 뿜어내는 특유의 아우라를 대하기 어려워 하는 아이가 꽤 많다.

　왜 그렇게 준을 신경 쓰냐고? 그야 같이 고립된 처지니까. 내 기준으로는 준만이 짐승이 아닌 남자애다. 나카바라 초등학교 시절에는 이런 남자애들이 많았는데.

　아아, 흘러가 버린 제 세월을 돌려주세요. 부탁입니다, 하나님.

이제 곧 골든 위크(5월 초순에 있는 일본의 휴가철 - 역주)인데 아직도 친구를 못 사귀었다. 아, 솔직히 진심으로 걱정된다. 중학교 1학년 때는 적어도 고토코가 있었다. 둔하고 미련한 애라서 그다지 좋아하진 않았지만, 지금은 그 애가 너무 절실하다. 아아, 고토코~!

이제 와서 이런 소릴 하다니 난 정말 위선자다. 혐오감이 치밀어 오른다.

'주변 환경이 틀려먹은 거야. 친구 같은 거 만들지 말고 내 길을 가면 되잖아. 왕따나 은따를 당해서 혼자 다니는 게 아니라 자연스럽게 이렇게 된 거니까 괜찮아.'

이렇게 스스로를 위로해 보지만, 그럼 난 자연스럽게 반 아이들로부터 밀려났다는 말인가? 왜? 다른 아이들과 조금 다른 타입이긴 하지만, 성격도 나쁘지 않고 고집도 세지 않고 눈치도 있는데.

아닌가? 눈치가 없는 건가? 그래서 이렇게 된 건가?

필사적으로 머리를 굴려 봐도 역시 알 수가 없었다.

그러던 어느 날, 작은 사건이 일어났다.

실은 요즘 시청각실 입구에 있는 홀에서 점심을 먹고 있다. 물론 혼자서. 왜냐고? 반 여자애들이 나만 빼고 전부 그룹별로 도시락을 먹으니까! 4월 초에는 나처럼 혼자서 외롭게 밥을 먹는 애가 그래도 좀 있었는데, 다들 점심 먹을 친구들을 찾은 모양이다.

'훌쩍. 어째서 나만…. 아냐, 이제 고민하지 않겠어! 내가 그렇게 튀는 존재라면 아예 교실 밖으로 나가 주지! 내가 없어져도 절대 찾지 말라고! 5교시 전에는 반드시 교실로 돌아올 테니까. 어쨌든 난 모범생이거든. 흥!'

이렇게 아이들을 향해 마음속으로 외친 다음, 도시락을 들고 교실을 나간 게 시작이었다. 빠른 걸음으로 복도를 타박타박 걸으면서 무 대륙의 키야로 변신하려 했지만, 잘 안 됐다. 역시 이렇게 궁지에 몰린 상황에서 공상놀이를 하는 건 무리다.

문득 눈에 띈 교실 창문 너머로 고토코의 얼굴이 보였다. 고토코는 2학년 4반이다. 어쩌면 내 무의식이 이곳까지 나를 이끌었는지도 모르겠다.

그런데… 고토코는 무척이나 즐거워 보이는 어느 그룹에 끼어서 밥을 먹고 있었다. 도시락을 펼쳐 놓은 아이는 전부 여섯 명. 고토코는 입에 밥을 가득 문 채 계속 뭐라고 재잘대는 중이었다. 그래,

고토코는 밥을 좀 더럽게 먹었지. 저 애가 끝까지 좋아지지 않았던 건 저런 면 때문이었을까?

하지만 지금, 고토코는 정말 행복해 보인다. 친구도 많은 것 같고 자세히 보니까 예전이랑 분위기가 다르다. 소맷부리 단추는 풀어헤쳤고, 가슴에 단 건 명찰이 아니라 배지다! 아래쪽은 잘 보이지 않지만 치마도 짧은 것 같다. 설마 큐빅 핀까지 꽂고 있는 건 아니겠지?

냄새가 난다. 날라리 냄새가.

이럴 수가! 고토코까지 그쪽 세계로 가 버린 건가? 왜 다들 그리로 가는 건데?

고토코가 갑자기 고개를 들어서 니는 허둥지둥 도망쳤다. 아아, 빨리 무 대륙으로 떠나고 싶다. 그러려면 편안히 쉴 수 있는 장소를 찾아야 한다. 어디가 좋을까? 운동장은 먼지구덩이인 데다, 그런 데서 도시락을 펼쳤다간 교실에서 정면으로 내려다보일 것이다.

여기저기 뒤진 끝에 결국 정착한 곳이 시청각실 입구다. 시청각실은 사람이 별로 다니지 않는 서쪽 건물의 제일 위층 안쪽에 있다. 시청각실 입구에는 사용하지 않는 책상과 의자가 잔뜩 쌓여 있다. 3층이라 경관도 좋다. 숨겨진 명당이랄까?

으스스한 느낌이라 처음에는 좀 무서웠지만, 교실에서 투명인간 취급당하는 것보다는 낫다는 생각에 청소용구 함에서 걸레를 꺼냈다. 열심히 의자를 닦고, 끄응 소리를 내면서 엉덩이를 얹어 놓았다.

음, 그럭저럭 괜찮다.

그리하여 이 비밀 공간에서 혼자 밥을 먹고, 종이 칠 때까지 공상하는 생활이 시작된 것이다.

그리고 조금 시간이 흐른 어느 날.

언제나처럼 혼자 도시락을 펼치고 있는데, 어디선가 왁자지껄 시끄러운 소리가 들려왔다. 사람이 온 것이다. 그것도 여럿이.

복도 너머에서 나타난 것은 놀랍게도, 땋은 머리 교주이신 에지리 마이카를 위시한 종교 집단 녀석들이었다! 어떻게 된 거야? 내 뒤를 밟은 거야? 여긴 내가 찜한 곳이라고.

마이카가 슬쩍 나를 흘겨보자 다른 아이들도 똑같이 나를 쳐다봤다. 하지만 금세 시선을 돌리더니 책상을 모아 식탁을 만들었다(공간이 넓다 보니 내 자리와는 꽤 떨어진 편이었다). 그러더니 언제나처럼 기도를 시작했다. 신께 고합니다. 우리들의 아버님, 바라옵건대, 어쩌구저쩌구….

아아, 여기도 점령당했구나. 키야에게 안식의 땅이란 없는 것인가. 어디로 도망쳐도 추적자의 마수가 쫓아오는군. 나는 그 아이들에게 등을 돌린 채 도시락 뚜껑을 열었다.

조금 시간이 지났을 때였다. 갑자기 뒤에서 부르는 소리가 들렸다. 돌아봤더니 마이카가 눈앞에 서 있었다. 다른 신도들은 그 뒤에서 대기 중이었다.

어? 기도 끝났어? 아니 그보다, 밥 다 먹었어? 벌써? 진짜? 계속

무 대륙에 있는 바람에 눈치도 못 챘잖아.

"괜찮아. 넌 혼자가 아니야."

응?

갑자기 뭔 소리지? 마이카가 생글생글 웃는 얼굴로 고개를 끄덕였다. 웃을 때마다 초승달처럼 휘어지는 마이카의 작은 눈. 미안한데, 솔직히 좀 기분 나쁜 얼굴이다.

"이제 이 세계는 곧 멸망할 거야."

응?

당장 거울을 보고 싶었다. 지금 내 표정은 틀림없이 무진장 바보 같을 것이다. 입을 벌린 채 콩알처럼 작은 눈이 박혀 있는 만화적 얼굴이 아닐까.

"곧 끝날 거야. 이제 곧 고통에서 해방될 거라고."

마이카가 자신감 넘치는 얼굴로 고개를 끄덕였다. 마치 내가 세계 멸망을 바란다고 확신하는 듯한 표정이다. 아니, 저기 말야. 세상 살기 힘들다는 생각은 했어도, 망해 버리라고는 안 했는데….

"무슨 소리야?"

나도 모르게 되물었다. 혹시 난 이런 얘기에 관심이 있는 걸까?

"넌 믿을 수 있겠어?"

마이카는 대답하지 않고 오히려 다시 물었다. 믿다니, 뭘? 너를? 그건 왠지 좀 무서운데.

그때 종이 울렸다.

"시간 있을 때 또 얘기하자."

마이카가 신도들에게 눈짓하자, 아이들은 콧구멍을 벌름거리면서 묵묵히 고개를 끄덕였다. 얼굴형은 동그라미, 삼각, 사각 제각각인데 표정만은 놀랄 만큼 똑같다. 덧붙이자면 마이카의 얼굴은 말상이다.

종교 집단 아이들은 나를 남겨 두고 돌아갔다. 덕분에 한시름 놓았다. 하지만 새 학기가 시작된 이래 누가 말을 걸어 준 게 처음이었기 때문에 조금 기뻤던 것도 사실이다. '두려운 기쁨'이랄까?

그 애들은 다음 날 점심시간에도 나타났다. 같이 먹자고 손짓하기에, 망설이다가 그네들 식탁으로 다가갔다. 내가 자리에 앉자 다들 기도를 시작했다. 멍하니 있었더니 옆에 앉아 있던 애가 팔꿈치로 내 옆구리를 찔렀다. 나도 똑같이 하라는 건가?

어쩔 수 없이 손을 모았다. 가볍게 모으는 것도 아니고, 양 손가락을 얽어맨 다음 턱을 붙이는 자세여야만 하는 모양이다. 눈도 감았다. 아아, 무 대륙이 눈앞에 펼쳐진다 싶었는데 마이카의 엄숙한 기도 소리가 들리자 내 의식은 완전히 다른 세계로 날아가 버리고 말았다.

"아버님, 어머님, 그리고 이 모든 은혜를 베풀어 주신 위대한 우주의 창조주님….."

응? 어제 한 기도랑 좀 다른 것 같다. 여러 가지 버전이 있나 보다. 이렇게 긴 문구를 외우다니 좀 감탄스러웠다. 누가 지었을까?

마이카가 직접? 설마. 하지만 그게 사실이라면 얘는 의외로 머리가 좋을지도 모르겠다. 요전에 칠판 앞에서 영어 문제를 막힘없이 풀던 마이카의 모습이 떠올랐다. 중간고사를 치고 나면 실력이 확실히 드러나겠지? 으악! 이제 곧 중간고사다! 성적이 또 떨어지면 아빠랑 엄마가 뭐라고 하실까.

또 누가 옆구리를 찔렀다. 정신을 차려 보니 기도가 끝나 있었다. "잘 먹겠습니다"라고 합창한 뒤, 드디어 즐거운 점심시간의 막이 올랐다.

하지만 그다지 즐겁지 않았다. 다들 밥알만 씹고 있을 뿐 아무 말도 없었다. 꼭 상갓집 같다고 생각한 순간, 마이카가 입을 열었다.

"어제 학원에서 돌아오는 길에, 눈이 안 보이는 사람이 신호등 앞에 서 있는 거야. 그 사람 팔을 붙잡고 같이 길을 건넜는데 이렇게 친절한 사람은 처음이라면서 고맙다고 하더라."

오오. 마이카, 착하구나. 그러나 이어지는 이야기를 듣는 순간, 나는 '얼음'이 되고 말았다.

"다들 자기 생각밖에 안 하는 이기적인 세상이야. 이런 세상은 빨리 망해 버려야 해."

히이익, 무섭잖아~!

"하루에도 학대 사건이 몇 백 건, 몇 천 건이나 일어나고 있어. 우려스러운 사태야."

땋은 머리 소녀들 중 한 명이 말했다.

"또 어디선가 전쟁이 일어나려 해. 우려스러운 일이야."

이번에는 다른 아이가 대답했다.

"세상 여기저기에 기아가 만연하고 있어. 우려할 일이야."

정신을 차리고 보니, 모두들 내 얼굴을 쳐다보고 있었다. 밥맛이
뚝 떨어졌다.

"그렇지?"

마이카가 나를 향해 말하자, 신도들이 약속이라도 한 듯이 입을
맞춰 "그렇지?"라고 말하고는 눈썹을 찌푸렸다.

어, 확실히 우려스러운 일이긴 하지만, 그렇게 무서운 얼굴로 내
동의를 구하지는 말아 주겠니?

"그, 그러게. 확실히….."

"걱정하지 않아도 돼."

"뭐?"

"이런 세상은 곧 멸망할 테니까."

아니, 나는 오히려 멸망하는 쪽이 걱정되는데.

"하지만 세상이 멸망한 뒤에도 살아남을 사람들이 있어. 바로 믿
는 사람들이지. 너는 믿을 수 있니?"

마이카의 가느다란 눈이 빛났다. 뭔가 차가운 것이 이마에 와 닿
는 것 같은 기분이 들었다. 땀방울이 관자놀이를 주룩 흘러내리는
것 같기도 하고.

"아, 저기… 뭐라고?"

나는 입을 뻐끔뻐끔했다.

"믿을 수 있어?"

"아니, 그게… 갑자기 그런 얘길 들으니까….”

"널 위해 기도할게.”

땋은 머리 소녀 중 한 명이 오더니 내 뺨에 손바닥을 갖다 댔다. 난 반사적으로 몸을 뺐다. 그러자 그 애의 눈에 눈물이 차오르더니 급기야 양손으로 얼굴을 감쌌다.

미, 미안. 그렇게나 상처받았어? 하지만 나도 무서웠다니까.

"넌 아직 해방되지 못했어.”

마이카가 송충이 같은 눈썹을 추켜세웠다.

"넌 아직 해방되지 못했어.”

추종자들이 그 말을 따라했다.

"네겐 아직 껍질을 깰 용기가 없어.”

그 말을 들은 순간, 아픈 구석을 찔린 듯 움찔했다. 그 말이 맞을지도 몰라. 내가 껍질 속에 틀어박혀 있다는 사실은 알고 있으니까. 하지만….

딩동댕동, 종이 울렸다. 다행이다. 이제 살았다.

나는 아이들에게 호송되듯 교실로 돌아왔다. 어제는 따로 교실로 왔는데, 뭐지 이 친한 척은. 혹시 내가 같은 그룹이 된 거라고 생각하는 건가?

교실로 돌아오자 반 아이들의 뜨거운 시선이 느껴졌다. 날라리 그룹도, 후보 그룹도 모두 흥미롭다는 듯이 우리를 보고 있다. 학교에서 이렇게 주목받기는 처음이다. 하지만 하나도 안 기쁘다.

그러나 우리에게 흥미를 느낀 건 여자들뿐인 모양이다. 남자들은 완전 무관심했다. 그중에서 이쪽을 보고 있는 단 한 명의 남자애가 있었다. 노구치 준이치였다. 내가 살짝 그쪽을 돌아봤디니 서둘러 시선을 피했다. 그 애의 옆얼굴이 의외로 반듯하다는 사실을 그때 처음 알았다.

같이 밥 먹고 수다를 떠는 아이들이 생겼지만, 이 대로 괜찮은가 고민스럽다. 왜냐하면 마이카나 그 신도들이 나와 맘이 맞는다고는 도저히 인정할 수 없기 때문이다. 하지만 더 이상 절대고독의 세계에서 허우적대는 건 싫다. 예리하게도 마이카가 그런 미묘한 분위기를 느꼈고, 그래서 나한테 접근한 것일지도 모른다.

그렇지만 지구가 소멸할 거라고 믿는 애들이라니! 나도 지금 세상이 맘에 드는 건 아니지만 그렇다고 멸망까지는 좀….

이렇게 우유부단한 상태로 우물쭈물하고 있었더니, 마이카네는 나를 세뇌시키려고 기를 쓰며 달려들기 시작했다. 이제 곧 지구는 포톤 벨트에 돌입한다느니, 플래닛 X가 지구에 가까이 온다느니, 지금 세상은 멸망한 뒤에 더 고차원적인 세계로 다시 태어난다느니, 유전자의 진화가 일어난다느니 어려운 얘기를 해대는 것이다.

눈과 입을 멍하니 벌린 채 등에 식은땀을 흘리고 있는 나에게 거짓말 아니라면서 책까지 가져와서 보여 주었다. 읽어 보니… 정말이었다! 그런 소릴 하는 어른이 정말로 있구나. 심지어 유명한 학자처럼 보였다. 하지만 이게 진짜로 진짜야? 지구가 멸망할 거라는 소릴 한마디도 안 하는 학자도 많잖아.

그랬구나. 그래서 "믿을 수 있겠어?"라고 물었던 거였구나. 하긴 믿어 버리면 편해질지도 모르겠다.

"어차피 다 멸망할 거야. 믿지 않는 녀석들은 모두 바보야. 우리들은 믿고 있으니까 고차원 세계에서 살아남을 초생명체로 진화할 거야. 그치?"

저 아이들과 하나가 되어, 저런 소리를 하면서 같이 어울려 다니면 학교 다니는 게 좀 즐거워질까?

하지만 정말로 그래도 되나?

나한테는 키야와 무 대륙이 있잖아. 그쪽이 내 성격에 더 맞지 않아? 하지만 그런 공상에 빠져 있으면 아이들과 어울리지 않게 되는 것도 사실이다.

으윽, 고민된다. 으으으~ 월월! 컹컹! 냐아아옹! 꺄악!

안 되겠다. 머리가 이상해질 것 같다.

이런 상태로 치른 중간고사는 재난 그 자체였다. 한마디로, 전멸이다. 믿었던 국어까지 망했다.

한편 중간고사 기간에 내 열네 번째 생일이 돌아왔다. 저주받은 나이, 열네 살. 그래서일까? 만화 주인공들은 열네 살인 경우가 많다. 이제 나도 에반게리온을 조종할 수 있는 나이가 된 거야. 기다려, 레이! 아스카!

엄마는 내 생일을 기념하며 커다란 스테이크를 구워 주셨다. 생일 케이크가 아닌 생일 스테이크다.

"우리 딸은 너무 말라서 살이 좀 붙어야 돼. 벌써 열네 살이 되는구나."

지금까지 말하지 않았지만, 사실 나는 엄청나게 깡마른 몸매다. 가슴은 완전히 절벽에 붙은 건포도라서 초등학생보다도 작다. 내 육체도 정신과 같이 진화하는 것을 거부하고 있나 보다. 얼마 전까지는 그래도 좋다며 허세를 부렸지만, 역시 중2가 되고 보니 그러기도 어렵다.

"괜찮아. 스미레는 지금 모습 그대로가 좋으니까."

딸의 생일파티를 위해서 모처럼 일찍 퇴근한 아빠가 위스키를 따른 잔을 들고 말했다. 많이 마셨는지 술 냄새가 풍긴다.

"스미레는 지금 이대로가 좋아. 그렇게 빨리 어른이 되지 않아도 된다고."

그건 아빠의 희망사항일 뿐이다. 그리고 왠지 조금 징그럽다.

"그래도 살은 조금 더 찌는 게 좋겠어. 다리가 나무젓가락이잖아. 스미레, 모델 체형 같은 건 한물갔어. 지금은 살집이 적당히 있는 여성이 뜨는 시대란다."

'아빠, 난 마르고 싶어서 마른 게 아니야. 아무리 먹어도 살이 안
찐다는 거 아빠도 알잖아.'

하지만 아빠의 말을 듣자 다른 생각이 떠올랐다.

'난 어른이 되고 싶은 걸까?'

되고 싶은 것 같기도 하고, 되기 싫은 것 같기도 하고…. 아냐, 역
시 되기 싫은 것 같다. 내가 위화감을 느끼는 우리 반 아이들은 전
부 까치발을 해 가며 어떻게든 어른 흉내를 내려고 애쓰고 있으
니까. 야한 얘길 하고, 숨어서 담배 피우고, 술 마시고, 연애도 하
고…. 점잔 빼면서 지구 멸망을 논하는 것도 전부 동물원 원숭이가
인간 어른 흉내를 내는 꼴이다.

그런 건 스무 살 넘어서 해도 된다. 열네 살 때는 열네 살로서 해
야 할 일이 틀림없이 있을 것이다. 그게 뭔지 잘 몰라 짜증이 나는
중이지만.

"아빠. 정말 내가 이대로 있어도 괜찮아?"

한 번 더 확인하고 싶어졌다.

"그럼, 물론이지. 스미레는 지금 이대로가 최고야."

아빠는 위스키를 세 잔째 들어올렸다. 딸의 생일을 축하하기 위
해서라곤 하지만 너무 마신다. 눈빛이 흐리멍덩했다.

"있는 그대로의 스미레가 좋은 거야. 괜히 멋 부릴 것 없어."

그 말을 듣고 조금 안심했다. '징그럽다고 해서 미안해, 아빠.'

"그래도 살은 조금 더 쪄야 돼."

엄마는 계속 내 몸매에 집착하고 있었다. '엄마, 난 지금 그런 얘기 하는 게 아니라고!'

그래도 스테이크는 남김없이 다 먹었다. 스테이크를 별로 좋아하진 않지만 어쨌든 나는 착한 아이니까.

하지만 얼마 후, 이 착한 아이 코스프레를 뒤흔드는 사건이 일어났다.

중간고사를 망쳤다는 사실은 잘 알고 있었다. 그러나 막상 성적표를 받아 보니 예상했던 대로, 아니 예상했던 것보다 훨씬 더 비참한 결과가 나와 있었다.

절대로 엄마 아빠에게 이런 성적을 보여 줄 순 없다.

태어나 처음으로 성적표를 숨겼다. 책상 서랍 기장 안쪽에 성적표와 시험지를 처박고서 시치미를 뚝 뗐다. '응? 중간고사를 봤나? 언제?' 그런 표정으로 평소처럼 밥을 먹고 텔레비전을 봤다. 일주일이 지났지만 엄마와 아빠는 아무 말도 없었다. 내심 살았다고 생각했다.

하지만 역시 세상은 그렇게 만만하지 않았다.

금요일 밤, 씻고 나오는데 아빠가 불렀다.

'응? 아빠 벌써 왔어? 금요일 밤은 항상 늦더니….'

그렇게만 생각했다.

거실에 갔더니 테이블에 하얀 종이가 떡하니 놓여 있었다. 저건 설마… 내 시험지잖아! 어째서 저게 여기 있는 거지? 책상 서랍 속에 처박아 뒀는데!

아빠가 "앉아"라고 침통하게 한 마디를 던졌다. 희미하지만 미간에 주름이 잡혀 있었다.

나는 고분고분하게 아빠 앞에 앉았다. 시험지들이 눈앞에 쌓여 있었다. 맨 위가 수학 시험지다. 제일 비참한 성적이었다. 아무리 그래도 2점은 너무했지.

"아빠랑 엄마는, 네가 말해 주기를 계속 기다렸다."

어느새 거실로 들어온 엄마는 아빠가 앉은 소파 뒤에 서서 날 내려다보고 있었다.

"네가 끝까지 안 보여 줘서 책상 서랍을 열어 봤다. 그랬더니 이것들이 나오더구나."

그렇다고 멋대로 부스럭거리면서 남의 책상을 뒤지다니. 난 이제 초등학생이 아니란 말이다. 딸의 프라이버시를 좀 지켜 달라고.

"스미레, 어쩜 아빠를 그런 눈으로 보니?"

엄마가 말했다. 그러는 엄마는? 엄마 눈도 남의 눈 얘기할 처지는 아니다.

"네가 씻고 있을 때 아빠가 책상 서랍을 열어 봤다. 물론 허락 없이 그런 짓을 하는 건 좋지 않지만, 네가 계속 입을 다물고 있으니까 결국 이렇게 된 거야."

"말하려고 했어."

이건 거짓말이다. 하지만 이런 식으로 들이대기 전에 한마디라도 물어봤다면, 단념하고 순순히 성적표를 내놨을 것이다.

"거짓말 마. 말하려고 했다면 좀 더 빨리 말했겠지. 초등학생 때는 집에 돌아오자마자 간식도 안 먹고 보여 줬잖아."

엄마가 바로 치고 들어왔다.

"그래, 아빠도 기억한다. 그때는 다 100점 아니면 90점이었지. 그런데 요샌 왜 이러냐, 스미레."

그런 식으로 몰아붙이지 마. 나도 요새 정말 힘들단 말이야.

"2점이 뭐냐, 2점이. 이게 도대체…. 아빠 이런 점수 태어나서 처음 본다."

뺨이 화악 뜨거워졌다. 아빠가 시험지를 쥐고 내 눈앞에서 흔들었다. 놀란 나는 얼른 시험지를 빼앗으려고 했다. 밀 인 해도 안다. 제일 창피한 건 나이기 때문에.

내가 시험지를 붙잡는 동시에 아빠가 시험지를 끌어당겼다. 시험지는 깔끔하게 두 쪽으로 찢어졌다.

"스미레!"

엄마가 눈썹을 추켜세웠다. 나는 내 손에 잡힌 시험지 반쪽을 꾸깃꾸깃 구겨 버렸다.

"스미레!"

이번엔 아빠가 소리를 질렀다. 평소와 다르게 흥분한 것 같았다.

"이번 주에 양호실에 몇 번이나 간 거냐? 아까 담임선생님이 전화하셨다. 자꾸 기분이 안 좋다고 하는데 괜찮냐고 하시더라. 엄마한테 물어보니 집에서는 아무렇지도 않다던데, 꾀병 아니냐?"

"꾀병 아니야! 정말 기분이 안 좋았다고!"

아, 그런 것까지 전부 들켰구나. 학교 가는 게 힘들단 말이다. 그렇지만 말 잘 듣는 아이로 있고 싶으니까 군말 없이 헤헤 웃으면서 학교에 간 거다. 무 대륙이니 키야니 하는 망상으로 말도 안 되는 노피처를 만들면서.

하지만 때때로 힘들다. '내 인생 이대로 괜찮은가!' 하면서 우스갯소리처럼 얼버무리지만, 정말로 토할 것 같은 때도 있다. 마이카가 날 세뇌하려고 들면 진짜 도망가고 싶다. 무 대륙에 피난하는 걸로는 부족해서 양호실에 틀어박히게 된 거다. 다들 공부하고 있을 때 겉옷을 벗고 흰 시트 위에서 뒹굴면 마음이 진정되니까. 의욕 없는 양호 선생님은 잔소리 없이 나를 내버려 두니까.

"어떻게 기분이 나쁜데?"

아빠가 차갑게 물었다.

엄마랑 아빠한테는 이런 얘길 하고 싶지 않았다. 걱정할 테고, 나 자신도 부끄럽다.

"어떻게 기분이 나쁜 거야? 설명해 봐."

끈질기다.

"스미레, 아빠가 물으시잖니."

콧속이 꽉 막혔다. 눈에 뜨거운 것이 차올랐다. 생각해 보니 우는 것도 오랜만이다. '울지 않아, 울까 보냐.' 이제까지는 계속 그렇게 억지로 참아 왔다. 한번 울면 매일 울게 될 테니까.

하지만 오늘은 한계를 넘었다. 쌓일 대로 쌓인 것이 순식간에 선을 넘어서 흘러넘쳤다. 이제 멈출 수가 없다. 나는 어린아이처럼 엉엉 소리를 내면서 울었다.

"그렇게 울 거면서 왜 이런 짓을 한 거야?"

아아, 역시 아빠는 아무것도 모르는구나.

"울면 용서해 줄 거라고 생각하는 거냐? 열네 살이나 됐으면 좀 어른스러워져야지."

뭐라고? 요전에는 지금 이대로의 내 모습이 제일 좋다느니 어쩌느니 했으면서…. 거짓말쟁이!

그만 울려고 했지만 불가능했다. 입을 다물고 이를 악물어도 금세 다음 파도가 끓어올랐다. 얼굴이 눈물과 콧물로 뒤덮였다. 이런 상황인데도 신기하게 내 방으로 도망칠 생각은 들지 않았다. 침대 위에서 또 울게 뻔하다면 차라리 눈물이 말라 버릴 때까지 끝까지 울어 버리자는 생각이 머릿속 어딘가에 있었던 것 같다.

무슨 말을 해도 내가 울기만 하자, 엄마와 아빠는 둘이서 소곤거리기 시작했다. 하지만 거리가 가까워서 다 들렸다.

마음이 급속도로 냉정해졌다. 내가 들어도 상관없다는 건가? 역시 내가 어리다고 얕보는 거다. 그럼 소곤소곤 얘기할 것 없잖아. 당당하게 할 말 다 하시라고.

그렇게 생각했더니 정말로 그렇게 되었다.

"당신이 그렇게 말 안 해도 당신 딸내미 최선을 다해 키우고 있어. 당신이야말로 자기 딸한테 관심 좀 가져."

"노력하고 있어. 과장 달고 나서 갑자기 바빠진 거 몰라서 그래? 일찍 집에 들어올 수가 없단 말이야."

"그건 아는데…."

"그리고 딸은 엄마가 제일 잘 알잖아. 같은 여자니까."

"성급하게 일반화하지 마. 당신은 늘 그런 식으로 집안일에서 도망가잖아!"

설마, 부부싸움 하는 거야? 나 때문에?

"당신은 항상 그래. 안 되겠다 싶으면 바로 나한테 다 떠넘기는 거 언제까지 할 건데? 스미레가 다섯 살일 때 오키나와 갔던 거 기억해? 그때도 당신은…."

"고릿적 얘기를 왜 지금 끄집어내는 건데?"

"끄집어내는 게 아니라 그때나 지금이나 당신이 바뀐 게 없다는 얘기를 하는 거잖아. 지금."

눈물이 멎었다. 왠지 우는 게 바보처럼 느껴졌다. 일어서서 거실을 나왔다.

"어디 가는 거야, 스미레. 아직 얘기 안 끝났어!"

"스미레!"

엄마와 아빠가 뒤에서 소리를 질렀지만 상관하지 않고 걸었다. 두 사람 다 쫓아오지 않았다. 부부싸움 하느라 바쁜 모양이다.

내 안에서 뭔가가 변하기 시작한 것은 이날 이후부터였던 것 같다. 그 변화가 좋은 것인지 나쁜 것인지는 역사가 판단할 거라고 말한다면, 오버일까?

내 변화에 대해 이야기하기 전에 말해 둘 사실이 있다. 6월부터 교실 자리 배치가 바뀌었다는 거다. 그게 뭐가 중요하냐고? 하지만 내게 있어 이번 자리 배치는 꽤나 중요한 의미가 있었다.

내 오른쪽에 앉은 아이는, 전에 말했던 호소카와 타쿠지다. 그럭저럭 잘생긴 주제에 변태적이고 밝히는 얘기만 늘어놓으면서 자기 이미지를 갉아먹는 타입. 여자애 팬티를 세 끼 밥보다 좋아하는 마미야 유타와 얘기하는 걸 듣고 있자면 "오 마이 갓"을 외치고 싶다. 얘네가 떠드는 소리를 녹음해서 학부모회나 경찰에게 들려주고 싶을 정도다.

그리고 왼쪽에 앉은 아이는 준이다. 노구치 준이치. 이 아이는 다른 남자애들과 다르게 어른스럽다. 교실 속에서 혼자 고립되어 있는 그 모습은 그야말로 군계일학! 보고 있으면 약간 뭉클하다.

두근대는 건 아니니까 오해는 하지 말고.

준을 가까이에서 보니 의외로 손이 예뻤다. 남자애들의 손톱은 끝이 새카만 경우가 많은데, 준의 손톱은 청결 그 자체다. 늘 비누로 깨끗이 씻는 모양이다. 항상 감고 난 직후인 것처럼 보이는 부드러운 머릿결도 멋지다. 남자 특유의 땀내와는 인연이 없다. 피부가 하얗고 얼굴선은 가냘프다. 나도 모르게 만지고 싶을 정도다.

외모만 보면 전혀 이상한 애가 아닌데(오히려 훈남 부류에 들어갈지도 모른다), 남자도 여자도 준을 투명인간처럼 취급한다. 하지만 준은 별로 신경 쓰지 않는 듯하다. 쉬는 시간에는 혼자 책을 읽거나 문제집을 풀고 있다. 남들에게 따돌림을 당한다기보다는, 고독을 사랑한 나머지 스스로 지금 위치를 선택한 것 같다. 멋있지만 그걸 멋있다고 생각하는 건 아마 이 교실에서 나뿐인 듯하다.

언제나 저런 태도이다 보니 준의 분위기는 어둡다. 웃는 얼굴을 본 적이 없다. 그림자가 드리워져 있거나 냉정한 것과는 좀 다르다. 고작 열네 살짜리한테 그림자가 드리워져 있을 리 없지. 어쨌든 여자애들이 대하기 어려워하는 타입이다. 재미있는 남자를 좋아하는 여자애들이 훨씬 많으니까. 하지만 난 절대 그렇게 생각하지 않는다. 남자는 성실한 게 최고다!

여자애들이 재미있는 남자를 좋아하니까 유타처럼 착각하는 바보가 나오는 거다. 네놈의 음담패설은 너무 천박해서 하나도 재미있지 않단 말이다! 여자들이 "어유~ 변태!" 이러면서도 꽤 호의적인 눈길을 던지니까 그 원숭이가 점점 더 기어오르는 거다! 그런 녀석에게 사사를 받고 있는 타쿠지도 한심하다.

아~ 남 일에는 이제 그만 신경 끄고 하던 얘기나 마저 해 보자. 변화에 대한 얘기를 하다 말았다.

엄마랑 아빠한테 시험 결과에 대해서 이러쿵저러쿵 말을 들은 그날 이후로 내 마음속에 작은 불꽃이 켜졌다. 불씨라고 할까? 이 게 작지만 사라지질 않는다. 게다가 뭔가 계기가 생기면 순식간에 큰 불로 번져 버린다.

처음으로 그 불씨를 돋운 것은 마이카와 신도들이다. 그 애들은 이제 내가 완전히 자기네들 편이 된 것처럼 대한다. 하지만 나는 마이카네랑 같은 편이 아니다. 그런데도 타성적으로 붙어 다닌 이 유는, 워낙 눈치가 없는 애들이라서 "나한테 상관하지 마! 난 너희 들과 다른 부류니까"라고 딱 잘라 말하지 않는 한 관계를 끊을 수 없었기 때문이다. 그리고 다시 혼자 다니게 되는 것도 싫었으니까.

하지만 그날은 뭔가가 달랐다. 쉬는 시간이 됐는데, 갑자기 마이 카가 오늘은 교실에서 점심을 먹자고 하는 거다.

'그래? 좋을 대로 해. 난 시청각실 앞에 가서 먹을 테니까. 오랜 만에 키야가 돼서 놀 수 있겠다.' 그렇게 생각하고는 점심시간에 도시락을 들고 교실을 나가려고 했다. 그랬더니 땋은 머리 신도 중 한 명이 내 팔을 붙잡았다.

"어딜 가는 거야?"

"시청각실에."

"이번 달엔 그쪽 방위가 불길해. 그래서 교실에서 먹자는 거야."

옆에 있던 마이카가 눈썹을 추켜세웠다.

방위? 방위가 뭐지? 난 그런 거 몰라.

"왜 안 좋은데?"

"원래 그래. 우린 전부 같은 해에 태어났잖아? 그 해에 태어난 사람들은 6월에 서쪽으로 안 가는 게 좋아."

무슨 소린지 모르겠다. 나한테는 완전 동문서답이었다.

"복도를 나가서 왼쪽이 서쪽이지? 그럼 계단이랑 화장실도 서쪽이잖아. 우린 화장실도 못 가고 계단도 못 내려간다는 얘기야?"

처음으로 마이카에게 이견을 냈다.

"가까운 데는 괜찮아. 잠깐 머무는 거니까 큰 문제는 없어."

마이카가 대답했다. 역시 좀 억지 같다.

"서쪽에 살고 있는 사람도 있잖아. 그런 사람은 집에도 가지 말라는 거야?"

"그런 걸 억지라고 하는 거야. 역시 넌 믿음이 부족해."

아까 내 팔을 붙잡은 신도가 말했다. 사각 얼굴의 뒤통수에 땋아 내린 머리카락이 늘어져 있다. 미안하지만, 하나도 안 어울린다.

"어머, 호노미. 이 아이는 아직 아무것도 모르는 불쌍한 어린 양이잖니."

마이카가 나무라듯이 말했다.

불쌍해? 어린 양?

내 마음속 깊은 곳에서 흔들거리고 있던 작은 불꽃 위에 누군가가 기름을 부은 것 같았다. 순식간에 불꽃이 화악 일어났다.

"내가 왜 불쌍한데? 아무것도 모른다고? 그게 무슨 뜻이야!"

2학년이 된 뒤로, 아니 중학생이 되고 처음으로 고함을 질렀다. 꺄꺄거리며 밥을 먹고 있던 반 아이들이 일제히 우리에게 고개를 돌렸다.

"아무것도 모르잖아!"

도시락 통처럼 네모난 얼굴을 한 그 여자애도 소리를 질렀다. 나도 속으로 소리를 질렀다. '괴물처럼 생긴 계집애 같으니. 소매에 간장이 묻었잖아. 좀 더 단정하게 하고 다닐 수 없어? 눈곱이 그대로 붙어 있다니, 아침에 세수는 제대로 한 거야? 중학생인 주제에 완벽하게 화장하고 다니는 날라리들도 싫지만, 너처럼 칠칠맞지 못한 애도 싫어!'

"너희들이 믿는 방위인지 뭔지, 난 모르겠고 알고 싶지도 않아. 그냥 현실도피잖아. 따 당하는 애들끼리 구석에 모여서 잘난 척하는 게 다 아냐? 난 너희 같은 부류가 아니야."

꺄악~ 말해 버렸다! 따지자면 무 대륙을 신봉하는 나도 비슷한 부류인데, 내 얘기는 쏙 빼고선 대놓고 말해 버렸다!

얼굴이 새파래진다는 말은 문학적 표현일 뿐이라고 생각했는데, 정말로 그렇게 된다는 걸 그때 처음 알았다. 핏기가 쏙 빠진 마이카의 얼굴이 그야말로 새파랬기 때문이다. 하지만 바로 피가 역류했는지, 마이카의 얼굴을 덮고 있던 교주의 가면이 순식간에 사라지더니 삶은 문어처럼 빨개졌다.

"지옥에나 떨어져라!"

마이카가 송충이 같은 눈썹을 힘껏 추켜세우면서 외쳤다. 정신줄을 놓았나 보다. 그런 모습을 보니 오히려 냉정해졌다. 탈 만큼 탄 분노의 불꽃도 원래 크기로 돌아왔다.

그와 동시에 엄청난 소릴 해 버렸다는 걸 깨달았다. 식은땀이 흘렀다. 하지만 이제 돌이킬 수 없다. 아니, 차라리 잘된 거 아닐까? 이제 종교 집단에서 해방될 테니 원래 내 모습으로 돌아갈 테다. 또 혼자 다녀야겠지만 그래도 그 편이 낫다.

도시락을 들고 교실을 나왔다. 서쪽이 불길하다던 소리가 떠올라서 순간 등골이 오싹했지만, 바보 같다는 생각에 고개를 세차게 저으며 시청각실로 향했다. 연결통로를 지나 꼭대기 층 안쪽에 있는 시청각실에 도착하자 한숨이 나왔다.

이곳을 독점하는 건 정말 오랜만이다. 사람이 없으면 편안해서 좋다. 하지만 애들이 떠드는 소리는 막을 수 없는지, 벽을 넘어 여기까지 들려왔다. 중학교는 진짜 시끄럽다. 난 어쩌다 중학생 같은 걸 하고 있는 걸까? 하긴 그게 싫으니까 키야 망상이나 하는 거지.

하지만 이번에는 키야가 될 수 없었다. 의자에 앉아 도시락을 펼쳐 놓고 무 대륙으로 가려 했지만 전혀 되지가 않았다. 내 머릿속은 아까 벌어진 일로 꽉 차 있었다. 역시 아까 그 일은 충격이 좀 컸다. 나도 깜짝 놀랐으니까. 소심한 내가 하고 싶은 말을 딱 잘라서 할 수 있을 거라곤 상상도 못 했다. 학교에서는 절대 튀지 않았고 나설 기회도 없었다.

그럼 초등학생 때는 어땠더라? 그 시절에도 아까처럼 대놓고 쏘아 댄 기억은 없다. 더 어렸을 때는 꺅꺅 소리를 지르면서 장난감을 놓고 머리채를 잡아당기며 싸우기도 했지만, 그때는 인간이기보다는 동물에 가까웠으니까.

몇 번이나 말하지만, 나는 초등학교 시절에는 착한 아이였다. 공부도 그럭저럭 잘했고 친구도 많았다. 반 친구들과 작은 일로 충돌하기도 했지만 금방 화해했다. 도덕이나 국어 교과서, 아동문학이나 교육방송 드라마가 지배하는 세계에서는 싸워도 마지막에는 반드시 화해하는 법이다. 우리도 그 방식을 따랐다. 담임선생님이 끼어들어서 "얘들아, 이제 고집 그만 피우고 화해해야지"라고 하면 바로 순순히 따랐다.

그러고 보니 초등학교 때는 선생님이 하시는 말씀을 잘 들었다. 조용히 하라고 하면 금세 입을 다물었고, 열심히 발표하라고 하면 다들 힘껏 손을 들었다. 스스로 반성하는 회의도 했다. "청소 시간에 교실 유리가 깨진 건 걸레자루를 휘두르면서 놀았던 남자애 때문입니다. 하지만 그 행동을 말리지 않은 반장에게도 책임이 있습니다." 이런 식으로 진지하게 토론을 하고, 절대로 똑같은 일이 일어나지 않도록 조심했다.

갑자기 깨달았다. 이런 건 순진한 어린애들에게나 가능한 이야기인 것처럼 느껴지지만, 실상은 전혀 다르다. 오히려 초등학생 시절이 훨씬 더 어른스러웠다. 다들 사이좋게 지내려고 서로 배려했다. 가벼운 다툼이 있어도 금방 화해했다. 반의 리더 같은 아이가 중재하기도 했다. 나쁜 짓을 하면 함께 반성했다. 몸가짐도 발랐고 언제나 힘을 모았다. 공부도 다같이 열심히 했다.

이편이 훨씬 더 어른스럽지 않은가?

그런데 지금은 어떤가. 다들 제멋대로다. 수업 중에 퍼져 자는 건 그나마 나은 편이다. 선생님의 목소리가 안 들릴 정도로 떠들고, 웃고, 음악 듣고, 게임하고, 만화 보고, 과자를 씹어 먹는다. 더심할 때는 갑자기 주먹을 휘두르며 싸울 때도 있다. 이건 완전 애들이나 하는 짓이다. 어째서 어른스럽던 아이들이 천둥벌거숭이로 퇴화해 버린 걸까?

잠깐만. 지난 번에는 분명히 어른 흉내 내는 중학생이 싫다고, 아직 어른이 되고 싶지 않다고 했었는데…. 그럼 중학생은 다른 의미로는 어른스럽다는 뜻인가? 아, 잘 모르겠다.

불현듯 나는 깨달았다.

이런 게 바로 사춘기라는 사실을.

호소카와 타쿠지가 나한테 찔끔찔끔 말을 걸어오기 시작한 건 마이카네 그룹과 대판 싸운 뒤부터였다. 그러고 보니 내가 마이카 앞에서 이성을 잃었을 때, 타쿠가 히죽거리면서 고개를 끄덕이고 있었다. 타쿠를 기쁘게 해 주려고 그런 짓을 한 건 아닌데.

　　왜 타쿠지를 타쿠라고 부르냐고? 당연히 본인 앞에서는 본명을 부른다. 아직 애칭을 부를 만큼 친해진 건 아니니까.

　　타쿠가 처음으로 내게 건넨 얘기는 이거였다.

　　"스미레, 영어 숙제 했어?"

　　하기는 했지. 영어를 잘 못해서 시험 성적도 끔찍했지만.

　　"그럼 보여 줘."

　　주저 않고 말하기에, '이 녀석 바보 아냐?' 싶었다. 내 영어 성적이 어떤지 알 텐데? 나보다 잘하는 애들은 얼마든지 있다. 아니 그

전에, 그 녀석이 제일 잘하는 과목이 영어다.

하지만 거절하기도 뭣해서 보여 줬다. 내가 써 놓은 해답을 잠시 쳐다보던 타쿠가 그걸 자기 노트에 베끼기 시작했다. "그거 틀렸을 텐데?"라고 했더니, "괜찮아, 틀렸어도"라는 거다. 수업이 시작되고 영어 선생님이 날 시키시기에 풀어 온 대로 대답했는데, 틀렸다고 핀잔을 들었다. 하하하하! 아니지, 웃을 일이 아니잖아.

타쿠의 특기는 수면이다. 수업 중에는 거의 자거나 졸고 있다. 자는 옆얼굴을 살짝 훔쳐보면 속눈썹이 꽤 길고 콧등도 높다. 교과 서를 양손으로 펼치고서 흔들거리면서 졸다가, 몸이 쓰러질 지경 이 되어서야 허둥지둥 눈을 뜨고 자세를 고치곤 한다. 그로부터 정확히 3초 후 또 졸고 있다.

코웃음이 절로 나온다. 학교에 자러 온 것도 아니고. 하긴 남말 할 처지는 아니다. 학교에 공상하러 오는 사람이 나니까.

그러다 쉬는 시간이 되면 타쿠는 갑자기 힘이 넘친다. 항상 유타 랑 둘이서 바보 같은 이야기를 늘어놓고 있다. 그뿐이 아니다. 느 닷없이 일어서서 헤드락을 걸질 않나, 바지를 내리질 않나. 어째서 남자들은 다 이런 걸까? 에너지가 주체가 안 되는 모양이다. 그렇 게 힘이 넘치면 운동장을 열 바퀴쯤 뛰고 오면 될 텐데.

그러다가 쉬는 시간의 소란이 잦아들면 또 자기 시작한다. 오로 지 그것만 끝없이 반복하는 학교생활이 재밌긴 한 걸까?

"아아~ 심심하다."

자다 자다 질리면 나한테 얘기를 거는 모양이다.

그 말엔 동감할 수밖에 없다. 수업은 재미없지, 선생님도 학생들도 완전 의욕 없지. 의무라서 할 수 없이 앉아 있는 느낌이다. 이런 수업을 들을 바엔 좀 더 쓸모 있는 일을 하고 싶은데, 그게 뭔지 몰라서 짜증이 난다. 설령 그게 뭔지 알게 된대도 학교를 빠질 수 없다는 걸 생각하면 더 열이 받는다.

"이런 날씨엔 하이킹 가면 딱인데. 강변 걷고 싶다."

"맞아."

정말로 그렇다. 하이킹을 할 거라면 들판보다는 강변이 좋다. 때때로 멈춰 서서 강 속을 들여다보기도 하고, 돌을 던져 보기도 하는 것이다.

이런, 혹시 우리 둘의 마음이 맞는 건가?

하지만 난 타쿠처럼 야한 걸 밝히지 않는다. 야만적인 남자도 싫다. 하지만 타쿠가 레슬링 기술로 장난치는 모습에는 꽤 익숙해져 있는 것 같기도 하다.

그래. 이렇게 지루한 학교에 있으니 발산하고 싶을 만도 하지.

"넌 친구 없어?"

어느 날 타쿠가 갑자기 물었다. 심장이 쿵 하고 내려앉았다.

"난 혼자 있는 게 좋아."

이렇게 대답했지만 사실 속마음은 이랬다. '없어. 없다는 거 알잖아. 내가 마이카네 그룹이랑 대판 싸우는 것도 봤으면서.'

"음, 그럼 외롭진 않아?"

외롭냐고? 그야 물론 외롭지.

"친구가 없는 게 이상해?"

내가 되묻자, 잠시 생각하던 타쿠는 "아니, 별로"라고 대답했다. 말은 그렇게 하지만 분명히 이상하다고 생각할 것이다. 당연하지. 친구가 하나도 없는 사람이라니 역시 평범하지 않다.

왼쪽을 슬쩍 봤더니 노구치 준이치가 변함없이 혼자 책을 읽고 있었다. 책 표지에 『만화 광물 입문』이라고 쓰여 있었다. 얘랑 타쿠, 어느 쪽이 별난지 모르겠다. 타쿠는 분명 야만적이지만 좋은 점도 있기 때문이다. 수국 꽃봉오리가 물들기 시작한 어느 날을 계기로, 나는 타쿠를 완전히 다시 봤다.

떠올리는 것만으로도 열이 뻗치지만 그 사건의 개요는 이렇다.

나카니시라고, 수학 선생님이 있다. 구시렁거리기만 하고 의욕이라곤 손톱만큼도 없는 선생님들과는 조금 다른 별종이다. 일단 학생들에게 주의를 줘서 조용히 시키려고 노력은 하기 때문이다.

하지만 잘 관찰해 보면 주의를 주는 대상이 항상 똑같다. 그다지 크게 떠들지 않는 얌전한 아이들한테만 뭐라 그런다. 그리고 뒤늦게 나도 그의 타깃 중 하나라는 걸 깨달았다. 하긴, 중간고사 때 수학을 2점씩이나 받아 버렸으니 말이다.

문제의 수학 시간. 나는 멍하니 창밖의 수국을 쳐다보고 있었다. 수국은 꽤 맘에 든다. 분홍색이나 보라색처럼 엷은 색깔의 꽃이 좋다. 이파리에 커다란 달팽이가 기어가고 있었다. 달팽이도 싫진 않다. 등딱지가 없는 민달팽이는 싫지만.

"야, 스미레. 뭘 보고 있는 거야!"

갑자기 나카니시 선생님이 나를 불렀다. 옆자리에 앉아 있던 준이 슬쩍 내 눈치를 봤다. 자리를 바꾸고 2주일이나 지났는데, 애랑 눈이 마주친 건 이때가 처음이었다. 나는 허둥지둥 칠판 쪽으로 고개를 돌렸다. 평소대로라면 이걸로 끝났을 텐데, 그날은 달랐다.

"뭘 보고 있었냐니까?"

"달팽이요"라고는 도저히 말할 수 없었다. 그래서 그냥 "죄송합니다"라고 사과했다.

"뭘 보고 있었냐고 묻고 있잖아. 내 수업보다 중요한 거냐?"

지금 사과했잖아요. 왜 그렇게 집착하시는 거예요?

정신을 차려 보니 시끌시끌했던 교실이 물을 끼얹은 것처럼 조용해져 있었다. 나카니시 선생님의 제물이 된 내게 관심이 집중되어 있는 것이었다.

하지만 난 그냥 한눈을 팔았을 뿐이다. 거기에 비하면 얘네들은 방금 전까지 떠들고, 장난치고, 손톱에 매니큐어 칠하는 여자애부터 게임하는 남자애까지 난리도 아니었다. 그런 애들한테는 한 마디도 안 하면서, 나한테만 뭐라고 하다니. 걔네들은 다루기 어려우니까 만만한 나한테 화를 내는 건가? 덕분에 교실은 조용해졌으니 노림수는 성공한 셈이다. 아, 짜증난다, 정말.

"아무것도 안 봤습니다. 잠깐 한눈을 판 것뿐이에요."

나도 모르는 새에 나카니시 선생님을 노려 보고 있었던 모양이다. 선생님의 눈썹이 더 올라갔다.

"그럼 내 말을 듣고 있었다는 얘기군. 그럼 내가 조금 전에 무슨 얘길 하고 있었는지 말해 봐."

반 아이들이 나를 돌아보면서 힐끔거렸다. 볼이 빨개졌다. 어째서 나만 이런 꼴을 당해야 하는 거지?

"내가 무슨 얘길 했는지 말해 보라니까, 스미레."

정말로 끈질긴 인간형이다. 요새 사모님이랑 문제라도 있는 거 아냐?

"선생님!"

옆에 앉아 있던 타쿠가 갑자기 손을 들었다.

"저도 한눈팔고 있었습니다. 반대쪽이지만요. 저는 유타를 보고 있었어요."

"으악, 너 설마 나한테 관심 있냐?"

유타가 앞머리를 쓸어 올리면서 폼을 잡자, 여기저기에서 킥킥 거리는 웃음소리가 흘러나왔다.

"유타가 도시락을 먹고 있었거든요. 비엔나 소시지가 맛있어 보여서 그만 홀린 듯이 쳐다보고 말았습니다. 죄송합니다. 이제 유타가 도시락을 까먹어도 쳐다보지 않겠습니다."

유타가 기회를 놓치지 않고 받아쳤다.

"도시락 안 까먹었어! 만화 보고 있었다고. 앗, 이런!"

킥킥거리던 웃음소리가 폭소로 변했다. 나카니시 선생님도 쓴웃음을 지었다. 그리고 웃음이 그치자 아무 일도 없었던 것처럼 수업을 계속했다. 나는 해방되었다.

그날 밤, 자기 전에 여러 가지 상념이 머릿속을 스쳤다.

'오늘 타쿠는 진짜로 멋있었어. 그대로 계속 서 있었다면 더 비참해졌을 게 틀림없는데, 그걸 개그로 승화시키다니 정말 천재야.' 타쿠의 개그를 능숙하게 받아친 유타도 꽤 순발력이 있다는 생각이 들었다. 야한 걸 밝히는 변태라는 등 심한 말을 했던 걸 아주 조금 반성했다. 유타는 타쿠와 함께 날 구해 준 셈이니까. 반면 그 집착증 교사를 향한 혐오감은 백 배 정도 심해졌다. 그런 선생님을 두고 있는 우리 학교가 새삼 실망스러웠다.

이번 일로 그룹의 소중함도 재차 실감했다. 그룹이 아니라 친구라고 말해도 좋지만, 역시 '그룹'이라고 표현하는 게 딱 느낌이 온다. 왠지 친구보다는 그룹이라는 단어가 결속력이 더 좋아 보인다.

수학 선생이 휘두른 어른의 변덕에 대항하기 위해서는 그룹을 짜고 자신을 지킬 수단을 만들어야 한다는 사실을 그제야 깨달았다.

이 사건을 계기로, 난 미쯔하시 아오이에게 접근
하기 시작했다.

　타쿠나 유타도 좋지만, 역시 여자에겐 여자 친구가 필요한 법.
아오이는 우리 반 최고의 미소녀인 데다 전형적인 날라리다. 주위
에 추종자들이 줄을 섰다. 아오이의 오른팔은 패셔니스타 다카나
시 유이, 왼팔은 왕가슴 시키시마 카나에다. 반에서 아오이 다음가
는 미녀들이라서 서로 친해진 것 같다.

　나는 아오이 그룹에 들어가고 싶었다. '고잉 마이 웨이' 노선이
불가능해진 지금, 그것만이 유일한 길처럼 보였다.

　날라리니 어쩌니 해도 역시 아오이는 예쁘다. 4월경에는 날라리
라는 점이 좀 걸렸지만, 이젠 전혀 신경 쓰이지 않는다. 그 애를 본
우리 또래 여자애라면 누구나 '좋겠다. 예쁘다. 저런 애처럼 되고 싶
다'며 한숨을 쉴 게 틀림없다. 게다가 뉴욕에서 태어난 해외교포다.

성격도 괜찮다. 약한 아이들도 배려해 주는 것 같다. 압도적 미인은 평범하게 생긴 애들에게 의외로 상냥하다. 짓궂게 구는 건 유이나 카나에처럼 적당히 예쁘게 생긴 애들이다.

나는 아오이의 자리에서 반경 3미터 정도 떨어진 곳에서 어슬렁대기 시작했다. 아무것두 안 하고 멍청히 서 있기만 히면 이상하니까, 뭔가 생각하는 척하면서 왔다 갔다 하는 것이다. 그 애가 언젠가 내 쪽을 돌아봐 주길 기대하면서.

하지만 이미 충분히 수상해 보이는 모양이었다.

아오이의 자리는 교실의 정중앙에 가깝다. 거기서부터 반경 3미터라는 얘기는, 뒤집어 말하면 다른 누군가의 자리에서 10센티미터밖에 떨어져 있지 않다는 뜻이다. 나는 필연적으로 남의 자리 옆에서 얼쩡거릴 수밖에 없었다.

아오이가 교실 앞이나 뒤로 왔다가 갔다가 하는 성격이었다면 지금보다는 덜 눈에 띄게 따라다닐 수 있었을 것이다. 하지만 아오이는 우리 반의 여왕이다. 굳이 그 애가 움직이지 않아도 쉬는 시간마다 신하들이 일제히 아오이 자리로 몰려든다. 아오이 본인은 거의 움직이지 않고 자기 자리에 앉아 있다.

내 이상한 움직임을 제일 먼저 눈치챈 건, 이젠 나랑 말도 안 하는 마이카네 그룹이었다. 이 무슨 아이러니인가. 그 애들은 소곤거리면서 나를 계속 쳐다보았다. 너희랑은 상관 없는 일이니까 신경 끄라고! 지구 소멸설 따위를 진심으로 믿고 있는 사이비 오컬트 집단의 시선을 맨얼굴로 견디고 있자니 혐오감이 치밀어 올랐다.

아아, 나 지금 뭐 하고 있는 거지? 사교성이라곤 눈곱만큼도 없는 무능한 녀석 같으니라고. 유치원 시절에는 "나랑 친구하자"고 하면 금세 친구가 됐다. 초등학교 때는 자연스럽게 친구가 생겼다. 그런데 중학교는 왜 이렇게 복잡하고 귀찮은 걸까?

며칠 동안이나 얼쩡거렸지만, 아오이는 내 쪽을 전혀 돌아보지 않았다. 그런데 포기 직전에 한 가지 사실을 깨달았다.

아오이 그룹에 들어가려면 나도 그 애들의 패션에 맞춰야 하지 않겠는가? '봐, 나도 너희들이랑 똑같아. 그러니까 그룹에 넣어 줘'라고 어필해야 하겠지.

즉, 나도 날라리가 되어야만 한다는 것이다!

등줄기가 부르르 떨렸다. 하지만 내 머리는 '아아, 그런 거였구나!' 하고 심하게 끄덕이고 있었다.

하지만 아무리 그래도 모든 것을 흉내 내는 건 좀 무리였다. 일단 치마 길이부터 조정하기로 했다.

그때까지 내 교복 치마는 무릎을 살짝 덮는 정도의 길이였다. 허리 부분을 한번 접었더니 그럭저럭 미니스커트 비슷하게 보였다. 하지만 아오이 그룹에 비하면 아무것도 아니다. 걔네들 치마는 정말로 짧다. 게다가 속바지나 레깅스도 안 입고 달랑 팬티뿐이다. 정말 굉장하다(엿본 게 아니야. 절로 눈에 들어왔다고!).

치마를 한 번 접어 입고서 그 애들 앞에서 얼쩡거렸지만 완벽하게 무시당했다. 역시 이 정도론 안 되나.

좋았어! 작정하고 허리를 두 번 접었다. 누가 봐도 눈치 챌 정도로 짧아졌다. 엄마가 눈썹을 찌푸릴 정도였으니까.

중간고사 소동 이래 부모님이랑 사이가 좋지 않다. 엄마는 쌀쌀맞고 아빠는 나를 피한다. 내가 반성하고서 "죄송해요. 이제 그런 짓 안 할게요. 공부도 열심히 할게요"라고 말해 주기를 기대하고 있는 눈치다. 그러면 초등학교 시절처럼 단란하고 웃음이 넘치는 가정으로 되돌아가겠지.

죄송합니다만, 전 반성할 생각이 손톱만큼도 없답니다. 나는 중학생이 된 후 반항하는 방향으로 차근차근 나아가고 있었다.

좋아, 치마를 좀 더 올려 보자. 허리를 세 번 접었다.

그랬더니… 어쩌지?

내 입으로 말하기 뭣하지만, 그래도 말하겠다.

꽤 귀엽잖아!

엄마가 언제나 바보 취급하는 젓가락 같은 다리도 의외로 맘에 든다. 무릎을 딱 붙이니 허벅지와 종아리 사이에 야트막한 틈새가 생겨났다. 죽어도 좋으니 이런 틈새를 갖고 싶다고 바라는 여자들 꽤 많을 것이다. 혹시 엄마도 그런 거 아냐? 만날 실패하는 다이어트 때문에 날씬한 내 몸매를 질투하는 건 아니겠지?

게다가 내 다리는 가느다랗기만 한 게 아니라 꽤 긴 편이다. 이렇게 예쁜 다리를 아줌마처럼 늘어진 치마 속에 숨겨 놓았다니. 이제야 겨우 그런 생각이 든 내가 한심스러웠다.

"스미레. 치마 줄인 거니?"

처음으로 치마를 세 번 접어 입은 날이었다. 엄마는 도저히 그냥 넘길 수 없었던 모양이다.

"응. 조금."

'조금이 뭐야. 세 번이나 접었잖아. 세 번이나!'라며 머릿속에서 누군가가 딴죽을 걸었다. 하지만 겉으로는 대수롭지 않다는 듯 시침 뚝 뗀 얼굴로 대답했다.

"그런 치마, 웃기거든?"

웃기지 않아. 축축 늘어진 치마가 훨씬 웃기다고.

"팬티가 보이잖아."

"안 보여."

욱하면서 대답했지만 엄마는 콧방귀를 뀌었다.

"그런 꼴로 나갈 생각은 하지도 마라."

엄마는 상당히 심각한 표정으로 말했다. 이제까지의 나였다면 순순히 따랐겠지만(실제로 그럴 뻔했다), 난 계속 오기를 부렸다.

"다들 이렇게 입는단 말이야. 평범한 거라고."

짧은 치마를 입는 이 세상의 소녀들은 모두 이런 편견과 싸우면서 권리를 쟁취해 낸 것이다. 짧은 치마가 훨씬 더 예쁜데 어른들은 인정해 주질 않는다. 딸이 여자처럼 꾸미려는 게 싫은 거다. 부모 편에선 아이가 언제까지나 품 안의 아기로 있어야 안심이겠지만, 웃기지 말라고. 자식들은 모두 진화하는 거란 말이다.

"아빠한테 얘기한다?"

아빠는 어제부터 출장 가서 집에 없다.

맘대로 하라지. 맞서 줄 테니까. 지금 이대로의 내 모습이 제일 좋다더니 갑자기 어른스럽게 굴라고 야단치던 아빠. 일관성 없는 그런 아빠는 무섭지 않다.

너무 반항적인가? 하지만 이건 내 책임만은 아니다. 어른들 세계의 불합리성을 안 순간부터 이렇게 변한 거니까. 어른들도 좀 반성해야 한다.

출장에서 돌아온 아빠는 바로 엄마한테 붙잡혔다. 방에 틀어박힌 두 사람은 소곤대기 시작했다. 부모가 자식 문제 때문에 밀실 대담이라니 그다지 기분 좋은 경험은 아니다. 그런 태도에 신뢰감이 팍팍 떨어졌다. 내가 물건을 훔친 것도 아니고 치마 길이 하나 줄인 것 뿐인데, 뭘 그런 것 갖고 난리야?

일단 밀담이 끝날 때까지 거실에서 기다렸다. 말하고 싶은 게 있으면 다 말하라지. 나도 할 말 무진장 많으니까.

하지만 방에서 나온 아빠는 나를 슬쩍 보더니 아무 말도 하지 않았다. 내 반항심을 몇 배로 고조시킬 만큼 기분 나쁜 시선이었다. 마치 괴생명체라도 발견한 것 같은 눈빛. 그러다가 내가 쳐다보자 바로 눈을 돌려 버렸다.

뭐야, 이건.

슬프기 전에 분노가 치밀어 올랐다. 내 치마가 짧은 게 싫으면 대놓고 말하라고. 그런다고 철회할 생각은 없지만.

아빠 뒤를 따라 나온 엄마는 원망스런 눈초리로 나를 힐끗 쳐다보았다. 뭐야, 괴담에 나오는 귀신 같은 그 얼굴은. 후덜덜, 무섭단 말이야.

아빠는 거실을 지나 욕실로 직행했다. 그럼 야단 안 치는 거야? 그런 눈으로 쏘아봐 놓고 결국 아무 말도 않고 도망간 거야?

내 얘기를 일러바쳤던 엄마는 아빠의 반응에 만족하지 못하고, 또다시 나에게로 분노의 방향을 돌린 모양이다. 그러니까 아까 귀신 같은 얼굴로 날 노려 본 거겠지. 그건 딸 문제라기보다는 부부 문제잖아? 혹시 또 부부싸움 한 거야?

아, 지친다. 대단한 것도 아니고 치마 길이 하나 때문에 이 난리라니.

이렇게 집에서는 한바탕 소동이 일었지만, 학교에서는 훌쩍 짧아진 치마 덕분에 드디어 약간의 진전이 있었다. 아오이가 나를 쳐다본 것이다. 잠깐이지만.

아오이가 날 쳐다보고 있다는 걸 눈치 챈 유이랑 카나에도 나를 주목했다. 특히 몸매가 좋은 유이가 꽤 유심히 쳐다보았다. 내가 다리를 이렇게나 노출시킨 건 처음이니까. 우리 학교 체육복은 무릎까지 오는 반바지라서 운동할 때도 종아리밖에 안 보인다.

유이의 시선이 좀 간지럽긴 했지만 싫진 않았다. 자신과 비교하

고 있다는 게 훤히 보였으니까. 물론 내가 유이처럼 몸매가 좋은
건 아니다. 하지만 아주 조금이지만 유이가 라이벌 의식을 느꼈던
게 아닐까?

역시 노력하면 보답을 받는 법이다.

짧은 치마를 입고 얼쩡거린 덕분에 아오이에게 존재를 각인시키는 데 성공했다. 이참에 아오이에게 마음으로 편지를 써 본다.

'아오이, 난 아사오카 스미레야. 문서상으로는 4월부터 이 반이었어. 이상한 녀석으로 보일지도 모르지만, 그렇게 이상한 애는 아니야! 전에는 약간 뚜껑이 열렸던 것뿐이야. 이젠 그렇게 이상한 짓 안 해! (설득력이 없나?)

아오이, 혹시 내가 마이카네 종교 집단 애들이랑 같이 있는 걸 본 거야? 그건 오해야. 걔네들이 멋대로 내 영토에 침입한 거야. 소란 피우기 싫어서 내버려 뒀더니 내 방 안에까지 흙발로 들어오더라고. 마지막에는 나도 정신줄을 놔 버렸어. 그렇다고 내가 이성을 잃기 쉬운 성격이라는 뜻은 아니니까 오해는 말아 줘. 그때는 도저히 견딜 수가 없었어. 나는 걔들이랑 완전히 다른데, 그 애들은 나를 억지로 그룹에 끌어들이려고 했어. 이건 형태만 다르다 뿐이지 폭력이나 다름없어. 덜컥 겁이 나더라니까.

내가 너와 다른 인간이라고 생각할지도 모르지만, 난 지금 너처럼 되려고 노력하고 있어. 가소로워 보이겠지? 그래도 네게 한 발이라도 가까워지려고 매일 필사적으로 갈고닦는 중이야. 그러니까 나를 버리지 마. 부탁이야.'

잠깐. 이제 보니 나 정말 심하게 아오이를 의식하고 있다. 이게 무슨 감정이지? 사랑?(꺄악~) 아님, 동경?

언제부터인가 무 대륙의 키야가 내 안에서 완전히 사라졌다. 대신 그 자리에 들어앉은 것이 아오이다. 초능력을 가진 키야가 부러웠지만, 나는 아무리 노력해도 그렇게는 될 수 없다. 어차피 소설 속 캐릭터니까. 하지만 아오이는 키야랑 비교하면 손이 닿는 곳에 있는 인물이다. 그 애처럼 될 수는 없지만, 부분적으로 흉내는 낼 수 있겠지.

내 치마를 본 타쿠가 "짧아졌네!"라며 놀랐다. 역시 좀 부끄러웠다. 의자에 앉아서 몇 번이나 옷자락을 끌어내렸다.

유타도 내 변화를 눈치 챘는지 매의 눈으로 쳐다보고 있었다. 뭐, 어쩔 수 없지. 이 녀석은 여자가 다리를 내놓으면 본능적으로 꽂히는 동물이니까. 전봇대에 본능적으로 오줌을 싸는 개처럼. 이런 짐승 앞에 다리를 내놓는 내게 전혀 책임이 없다고는 못하겠다. 너무 대놓고 쳐다보면 때려 주고 싶어지지만.

반대로, 준은 내 변화 따위엔 관심 없어 보였다. 나만이 아니라 자기 주변 모든 것에 그런 태도긴 하지만, 내 옆자리에 앉은 지 벌써 두 달이나 지났으니 인사 정도는 해도 좋을 텐데. 예전에는 준의 그런 모습이 고고해 보여서 멋지다고 생각했지만 지금은 그렇지 않다. 친구가 하나도 없다니, 역시 이상한 애다. 사교성을 좀 더 기르는 편이 낫지 않을까? 남 말할 처지는 아니지만, 난 그래도 요새 나름대로 노력하고 있잖아.

아오이 얘기로 돌아가자. 요즘 아오이가 나한테 인사를 하기 시작했다. 역시 착한 애였던 것이다. "안녕?"이라는 한 마디였지만, 날아오를 것처럼 기뻤다.

나는 이제 반경 3미터 안에서 왔다 갔다 하는 위치를 졸업했다. 대신 조금 떨어진 곳에서 아오이네 이야기에 귀를 기울이게 되었다. 하지만 그저 듣고 있을 뿐이다. 이야기를 꺼내는 위치가 되려면 아직도 갈 길이 멀다.

아오이 주위에는 언제나 유이와 카나에가 있다. 영원히 뛰어넘을 수 없는 철벽 블로킹 같은 느낌이다. 아오이는 좋지만, 이 두 사람은 대하기 어렵다. 하지만 좀 더 친해지면 의외로 좋은 아이들일지도 모른다.

아오이네가 나누는 대화 속에는 나도 알아들을 수 있는 이야기가 꽤 있었다. 우린 역시 같은 중학교 2학년 여자애들이구나 싶어서 기뻤다. 그 애들이 재미있어하는 얘기는 나도 재미있었다.

관찰해 보니 아오이는 말이 없는 타입이었다. 그런 점도 맘에 든다. 그룹 안에서 제일 수다스러운 아이는 카나에다. 이야기 중에 개그를 치는 것도 카나에다.

아오이는 꽤나 잘 웃었다. 카나에의 개그에 목을 울리면서 마구 웃어댄다. 그런 얼굴도 귀여워 보였다. 카나에는 아오이의 웃는 얼굴이 보고 싶어서 개그를 치는 건지도 모른다.

유이는 카나에보다는 아오이에 가까웠다. 말이 별로 없다. 미소녀라고 불러 줄 수 있을지도 모르겠지만, 아오이가 빛 속성이라면 이쪽은 어둠 속성이다. 웃는 얼굴도 어딘지 모르게 지루해 보인다.

그러고 보니 이런 일이 있었다.

언제나처럼 카나에가 혼자서 열심히 떠드는 중이었다. 어제 본 막장 드라마에서 조연 배우가 발 연기를 했다는 이야기였다. 나도 분위기에 휩쓸려서 무심코 웃어 버렸다. 연기를 재현하는 카나에의 성대모사가 진짜 웃겼기 때문이다.

그때, 배꼽을 잡으며 웃고 있던 유이가 갑자기 뒤에 있던 내게로 몸을 싹 돌렸다. 표정에 웃음기라곤 없었다. 차갑게 식은, 경멸하는 듯한 눈초리가 나를 쏘아보고 있었다.

'네가 왜 여기 있어? 왜 같이 웃는 건데?'

유이의 눈이 그렇게 말하는 것 같았다. 내 얼굴의 웃음기도 순식간에 사라졌다.

정말로 무서웠다. 이제 그 애들에게 다가가지 말까 고민할 정도였다. 하지만 내가 친해지고 싶은 건 유이가 아니라 아오이다. 아오이의 보증을 받으면 유이도 날 인정할 수밖에 없을 거다.

생각해 보니, 나는 그 애들에게 정식으로 그룹의 일원이라 인정받은 적도 없다. 아오이가 아침에 나한테 인사해 준다는 것만 가지고 멋대로 뒤에 달라붙어서 얘기를 듣고 있었던 것이다. 말해 놓고 보니 스토커 지망생 같다.

하지만 그렇다고 아오이네 그룹이 날 배척하는 것도 아니다. 내가 좋은 쪽으로 생각하려고 해서 그렇게 느끼는 것일 수도 있지만…. 적어도 아오이는 날 피한 적이 없다. 유이랑 카나에도, 내가 그룹에 들어오는 절차를 정식으로 밟지 않고 멋대로 친한 척하고 따라다니는 게 이상하다고만 느꼈을 것이다.

'너 같은 스타일은 딱 질색이야. 꼴도 보기 싫어. 저리 꺼져!'

설마 이렇게까지 생각하진 않겠지.

고민한 끝에 아오이에게 편지를 쓰기로 했다. 사실은 직접 만나서 여러 이야기를 털어놓고 싶지만, 우리 둘이서만 있을 기회가 도무지 없으니까.

편지라니, 초등학교 6학년 이후 처음이다. 중학교 1학년 때는 편지를 쓸 만한 친구조차 없었다. 물론 고토코가 있긴 했지만, 걔랑 나는 반에서 완전히 밀려난 절대고독 상태였기 때문에 팀을 짠 것뿐이지 별로 친하진 않았다. 그런 상태에서 둘이서 교환일기 같은 걸 썼으면 몇 배는 더 비참해졌을 게 틀림없다.

그러나 펜을 들었더니 도대체 무슨 얘기를 써야 할지 앞이 캄캄했다. 너무 절절하게 쓰면 부담될 테고, 너무 딱딱하면 재미없고. 이모티콘은 많이 쓰지 않는 편이 낫겠지? 편지지는 무슨 색으로 할까? 분홍색도 좋지만, 이럴 땐 역시 푸른 계통이 나을까? 그게 아니면 완전 하얀색? 아냐, 그건 좀 아니지. 헬로키티 편지지는 너무 애같은가?

편지지는 어떻게 접는 게 좋을까? 하트 모양으로 접을 줄 아는데. 하지만 처음부터 너무 들이대는 느낌을 주지는 않을까? 역시 평범하게 접는 게 나으려나? 잠깐, 평범하게 접는 게 어떤 거더라?

이것저것 고민한 끝에 겨우 다 썼다. 첫 편지다. 새벽 1시까지 못 자고 정말 고생했다.

그러나 다음 날 아침, 편지를 읽어 본 나는 뺨이 뜨겁다 못해 불을 뿜는 것 같았다.

뭐야 이게? 완전 닭살이잖아! 난 연애편지를 쓴 게 아니라고! 'LOVE'라느니 '좋아해'라느니, 도배를 해놨잖아. 이런 걸 건넸다간 바로 퇴출될 게 뻔하다. 아직 아오이에 대해 잘 알지도 못하는데 좋아한다 어쩐다 하는 건 이상하다. 그런 건 좀 친해진 다음에 말해도 된다. 그 계기를 만들려고 편지를 쓴 거잖아! 순서가 잘못됐다고.

결국 다시 썼다. 역시 편지는 밤에 쓰면 안 된다. 머릿속이 묘한 망상에 빠져들기 때문이다. 이번에는 대낮에, 그것도 수업 중에 썼다. 타쿠가 목을 길게 빼고 읽으려고 해서 숨기느라 고생했다.

우여곡절 끝에 겨우 편지를 완성했다. 직설적인 표현은 피하고 문학적으로 쓰려 애썼다. 왜 있지 않은가? 계절에 따라 시작하는 인사말 같은 거. 그리고 비유문도 구사했다.

'지금까지 내 마음속에는 축축한 장맛비가 내리고 있었어. 하지만 한여름 태양처럼 빛나는 네 미소가 내게 여름을 가져다주었지!'

나는 의외로 문학에 재능이 있는지도 모른다.

신발장에 편지를 넣어 놓을까 생각했지만, 역시 이상해 보일 것 같아서 직접 주기로 했다. 심장이 엄청나게 두근거렸다. 좋아하는 남자애한테 편지를 건네는 것 이상으로 긴장이 됐다. 아, 아직 남자애한테 편지를 준 적은 없지만.

7월의 첫날, 나는 평소보다 빨리 등교해서 아오이가 학교에 오기를 기다렸다. 아오이는 빨리 등교하는 편은 아니지만 지각하지도 않는다. 오히려 카나에나 유이의 등교 시각이 더 늦다. 아오이가 그 애들과 합류하기 전에 빨리 편지를 넘겨 줄 작정이었다.

아직 아무도 없는 교실에 들어가 가방을 내려놓고 10분 정도 기다렸다. 교실이 반 정도 채워졌을 때 아오이가 나타났다.

그러나 오 마이 갓! 아오이는 카나에와 함께 생글생글 웃으면서 들어왔다. 두 사람은 가방을 내려놓더니 사이좋게 화장실로 갔다. 아오이가 화장실에서 돌아오자 유이가 등장했다. 이제 아오이와 단 둘이 있는 건 완전히 불가능해진 셈이다. 주머니 속 편지를 꼬

옥 움켜쥐었다. 어떻게 쓴 편지인데….

유이와 카나에 앞에서 당당하게 편지를 줄까도 생각했지만, 역시 그럴 용기는 없었다. 결국 그날은 얌전히 포기했다. 훌쩍….

다음 날, 나는 새로운 마음으로 또다시 이른 아침에 학교로 갔다. 그리고 마이카네 그룹이 하는 것처럼 두 손을 모았다.

'제발 오늘은 아오이에게 편지를 줄 수 있게 해 주세요.'

왠지 마이카네를 따라하는 것 같아서 아무도 못 보도록 화장실에 숨어 몰래 기도를 했다.

그러나! 아오이는 또 카나에와 함께 등교했다. 도대체 어떻게 된 거야? 너희들 설마 같이 살고 있는 건 아니겠지? 그래, 학교 오는 길에 우연히 만난 거겠지.

그날 밤에는 지도까지 들여다봤다. 물론 아오이와 카나에의 집을 체크하고, 학교로 오는 길을 확인하기 위해서다. 두 사람은 아침에 어디서 만나고, 어떤 경로로 학교에 오는 걸까? 지도가 복잡해서 확인하는 데 1시간이나 걸렸다(혹시 내가 지도를 못 읽는 건가?).

결론적으로, 이 두 사람은 교문 앞에서 우연히 만난 모양이었다(그게 뭐야!). 집이 전혀 다른 방향이었기 때문이다. 둘의 등굣길은 전혀 겹치지 않았다(그런 단순한 사실을 확인하는 데 1시간 넘게 지도를 들여다봐야 했단 말인가!).

그 다음 날. 이번에는 유이와 함께 아오이가 교실로 들어섰다. 하지만 더는 기다릴 수가 없었다.

종이 울리기 조금 전, 아오이가 자리에서 일어나더니 교실 밖으로 나갔다. 이 찬스를 놓칠 수 없지! 나는 아오이의 뒤를 쫓아갔다. 아오이는 복도를 지나 화장실로 들어갔다. 물론 나도 따라 들어갔다. 문이 잠긴 칸막이는 하나뿐. 즉 아오이가 이 안에 있다는 얘기다. 화장실에는 우리 둘밖에 없었다.

좋았어. 가자, 스미레.

입구의 상황을 살핀 나는 칸막이 문 앞에서 아오이가 나오기를 가만히 기다렸다.

뭐? 소름 끼쳐? 스토커 같다고?

지금 생각하면 확실히 그렇긴 하다. 하지만 그때는 정말로 진지했다.

조금 있으니 물 내려가는 소리가 들렸다. 문을 열고 나오는 아오이에게 스윽 다가가 손에 편지를 쥐어주자, 아오이가 깜짝 놀란 눈으로 날 봤다. 난 눈을 똑바로 마주치지도 못하고 시야의 끄트머리에서 그 표정을 훔쳐보고 있었다. 부끄러웠다.

그리고 '나도 여기 볼일이 있어서 온 거야. 편지 주려고 일부러 화장실까지 따라온 건 아니라고!'를 강조하기 위해서, 아오이가 나온 칸막이 안으로 뛰어 들어가 문을 잠갔다. 그래 봤자 영락없이 수상해 보이겠지만.

서 있기도 뭐해서 변기에 앉았다. 그리고 혼자서 소리 없이 만세를 불렀다. 묘하게 뜨거운 내 콧김. 게다가 변기도 따뜻했다. 아아, 이게 바로 아오이의 온기…. 잠깐, 스미레! 점점 변태 같아지고 있잖아!

그날은 온종일 아오이네 그룹에 다가가지 않았다. 대신 내 자리에서 아오이를 슬쩍 훔쳐봤다. 한 번이라도 좋으니 눈이 마주치길 바랐는데, 아오이는 전혀 뒤돌아보지 않았다. 부끄러운 모양이다. 미안해, 아오이. 갑자기 그런 짓을 해서.

그 다음 날에도, 쉬는 시간에도, 점심시간에도 내 자리에 얌전히 앉아 있었다. 아오이는 변함없이 아무 반응도 보이지 않았다. 답장까진 안 바라도, 조금이라도 반응이 있으면 좋겠는데.

끙끙거리며 고민하고 있는데 갑자기 누군가의 목소리가 들렸다.

"보여."

소리가 난 쪽을 돌아봤더니 타쿠가 서 있었다.

보이다니, 뭐가?

타쿠의 시선은 내 다리를 향하고 있었다. 치맛단이 올라가 있다. 게다가 가랑이를 아무 생각 없이 벌리고 있었다. 뺨이 확 뜨거워졌다. 허둥지둥 치마를 내리고 다리를 모았다. 조금만 방심하면 바로 이렇게 된다니까. 아직도 이 길이에 익숙하지 않은가 보다. 그 후에야 비명을 질렀다.

"꺅!"

여자로서 당연한 반응이었다. 내 비명 소리에 옆에서 책을 읽고 있던 준이 무슨 일인가 싶었는지 고개를 들었다.

"부끄러워할 거 없어."

타쿠는 아무 일도 없었다는 듯 태연하게 말했다. 그러고 보니 이 녀석은 여자 팬티 같은 건 이미 익숙한 몸이셨지.

"네 다리는 가늘고 길어서 예뻐. 보여 주는 게 좋아. 숨겨 놓긴 아깝지."

뭐라고 대답해야 좋을지 몰라 치맛자락을 움켜쥐고 머뭇거렸다.

"엉큼한 의도로 그러는 건 아니야. 아니지, 엉큼하게 들릴 수밖에 없을지도 모르겠다. 하지만 남자라고 만날 그런 것만 생각하는 건 아니라고. 네가 짧은 치마를 입는 건 남자들 눈을 의식해서가 아니라 너 자신을 위해서잖아. 그걸 전제로 하고, 남자로서 한마디 할게. 넌 정말 짧은 치마가 잘 어울려. 다리가 예쁘니까."

나는 멍한 표정으로 타쿠를 쳐다봤다.

"그렇게까지 짧은 치마를 입을 수 있는 건 고등학교 때까지야. 대학생이 되면 어른답게 얌전한 길이의 치마를 고르게 되거든. 그러니까 지금밖에 없잖아. 팬티가 좀 보여도 입는 게 낫다니까. 또 남자로서 한마디 하자면, 치마 속에 속바지 입는 여자가 제일 바보 같아. 속바지가 보이는 게 백배는 더 창피할 것 같은데 왜 그걸 몰라? 그렇게 용기가 없으면 아예 미니스커트를 입지 말라고."

나는 계속 멍하니 타쿠를 보고 있었다. 이제 볼이 뜨겁지 않았다.

"스미레, 너 요즘 좀 달라졌더라."

시선이 느껴져 돌아보니, 아오이가 우리가 얘기하는 걸 보고 있었다. 타쿠도 아오이를 보더니 다시 내게 시선을 돌렸다. 그러고는 고개를 크게 끄덕였다.

"좋은 현상이야."

나도 이끌리듯 고개를 끄덕였다. 조금 전까지는 창피하고 화가
났는데, 지금은 이상하게 기분이 좋다. 내가 너무 단순한가? 아니
면 타쿠가 날 구워삶은 건가?

하지만 립 서비스만은 아닌 것 같다. 역시 타쿠는 여자애들한테
상냥하다. 주변 아이들에게 맞추느라 야한 걸 밝히는 척하고 있는
거지, 실은 의외로 성실한 타입일지도 모른다. 크면 좋은 남편이
될 것 같다.

타쿠를 볼 때마다 치밀어 오르던 알쏭달쏭한 기분이 점점 확실
한 형태를 갖춘 건 그날부터였다. 이건 설마… 아냐, 그럴 리가! 아
니야. 아닐 거야.

어쨌든 타쿠가 말한 것처럼 더 노력하기로 마음먹었다. 변한 편
이 낫다고 칭찬하지 않았는가. 아오이가 전혀 반응을 보여 주지 않
아 조금 기가 죽었지만 타쿠 덕분에 용기를 얻었다.

고민 끝에 또다시 편지를 쓰기로 했다. 첫 편지에 너무 오버를
해서 아오이가 받아들이기 어려워하고 있는지도 모르겠다고 생각
했기 때문이다. 그래서 2탄에서는 변명을 하고 싶었는데, 편지 1탄
을 복사해 놓지 않았다는 사실을 깨달았다. 난 정말 바보다.

다행히 엄청나게 고민하며 쓴 덕분에 대충 내용이 기억났다. 또
다시 끙끙거리면서 글을 써 내려갔다. 그새 익숙해졌는지 1탄 때보

다는 빨리 써졌다. 이번에는 문학적 표현 같은 건 일체 배제했다.

완성된 편지를 들고 또다시 화장실에서 어슬렁거렸다. 수상해 보이는 거 압니다만, 경찰만은 부르지 말아 주십시오.

잠겨 있던 칸막이 문이 열리면서 아오이가 나왔다. 우리밖에 없다. 지금이다!

내가 편지를 건네려고 한 발짝 앞으로 나서자, 아오이가 커다란 눈으로 쳐다봤다. 가슴이 두근거릴 만큼 예쁜 눈동자였다.

립글로스 때문에 반짝반짝 빛나는 아오이의 입술이 움직였다. 우아, 치열이 가지런하네. 잠깐, 그런 걸 보고 있을 때가 아냐! 지금 아오이가 나한테 뭐라고 한 거지?

"폰 번호 알려 줘."

…라고 했던 것 같은데.

에엑?

"전화번호 알려 달라고. 폰 없어?"

없다. 우리 아빠는 중학생한테 휴대폰은 아직 이르다고 하셨다. 나도 연락할 만한 절친이 없었던 까닭에 그다지 필요가 없었다. 그래서 휴대폰이 없다. 미안해, 아오이.

나는 또 멍하니 서 있었다. 뇌가 정지 신호를 받으면 바로 이렇게 된다니까.

반응이 없는 나를 포기했는지 아오이는 가볍게 콧방귀를 뀌더니 발을 내디뎠다. 아앗, 가 버린다. 어쩌면 좋지?

"저기, 우리 집 전화번호는 교실 연락망에 있어."

그렇게 말하며 허둥지둥 수습하려 했지만, 소용없겠지. 개인적인 연락처를 물은 건데 집 전화번호가 무슨 소용이야. 걸었다가 아빠가 받기라도 하면 얼마나 난감하겠는가.

아오이는 교실 문 앞에서 날 슬쩍 쳐다보더니 가 버렸다. 니는 주머니 속 편지를 움켜쥐었다.

아오이가 겨우 말을 걸어 줬는데! 전화번호를 물어봤다는 건 나랑 좀 더 친해지고 싶어 한다는 증거다. 대본대로라면 드디어 해냈다며 하늘로 날아올랐어야 할 타이밍인데, 휴대폰이 없는 나는 아오이의 기대에 부응할 수가 없었다.

왜 난 휴대폰도 없는 걸까?

그 후 아오이는 또다시 나를 완전 무시하기 시작했다. 힘들게 쓴 두 번째 편지를 주고 싶었지만, 그럴 만한 용기가 남아 있지 않았다. 편지를 줄 거라면 휴대폰 문제도 같이 얘기해야 한다. '드디어 휴대폰이 생겼어! 내 번호는….' 이런 내용을 편지에 삽입하는 게 제일 이상적이겠지만, 아빠가 사 줄 가능성은 매우 낮다.

일단 한번 아빠한테 던져 봤다. 그랬더니 역시나.

"2학기 시험 점수 보고 나서 그때 얘기해."

이럴 줄 알았다. 이번 기말고사 때도 끔찍한 성적이 나왔다. 나름대로는 공부한다고 했는데 생각한 만큼 성적이 안 올랐다. 특기인 국어는 남한테 말해도 창피하지 않을 점수가 나왔지만, 수학과 영어는 참담했다.

이제 수학은 돌아갈 수 없는 강을 건넌 느낌이다. 초등학교 때는 그나마 괜찮았는데 중학교에 들어선 후로는 틀려먹었다. 나랑 태생적으로 안 맞는다. 영어도 처음에는 재미있었지만 동사 활용 같은 게 나오니까 무슨 소린지 한 개도 모르겠다. 아빠는 영어가 특기라는데, 딸내미한테는 그 유전자가 부재중이다.

그리하여 1학기 성적은 남에게 말할 수 없는 수준에 머물렀다. 아빠는 휴대폰 같은 걸 사 줬다간 성적이 더더욱 떨어질 거라고 생각할 것이다.

"반 애들은 다 갖고 있단 말이야."

계속 아빠를 졸랐다.

"안 돼. 휴대폰은 인터넷도 되잖아. 이상한 사이트에 들어갈지도 모르고."

"난 그런 사이트 관심 없어. 다른 집도 다 사 주잖아. 그리고 나한테 무슨 일이라도 생기면 어떡해? 사 주면 아빠 맘이 훨씬 편할 걸?"

"넌 밤늦게 돌아다닐 일 없으니까 괜찮아. 학원도 독서실도 안 다니고, 학교 끝나면 바로 집으로 오는데 걱정할 일이 뭐가 있냐?"

이런 쇠고집 아빠 같으니. 됐어!

이렇게 초조해하는 사이 여름방학이 다가왔다.

　　　　결국 그 이상 아오이에게 다가가지 못했다. 딱 한 발짝 남았는데. 이게 다 누구 때문이지? 아빠가?

　아냐, 남 탓 그만하자. 멍청한 내가 제일 나쁘니까.

　우리 집은 여름방학 때마다 가족여행을 간다. 행선지는 항상 카루이자와다. 그곳에 아빠 회사네 기숙사가 있기 때문이다. 테니스 코트랑 수영장도 붙어 있어서 기숙사치고는 상당히 럭셔리한 편이다. 초등학교 때는 매년 이 여행을 고대하며 기다렸다. 수영장은 대체로 비어 있었고, 아이들을 위한 테니스 교실도 있었기 때문에 언제나 재미있게 놀았다.

　하지만 작년쯤부터 가족여행이 귀찮아지기 시작했다. 처리 못한 학교 문제가 잔뜩 있는데 가족과 사이좋게 여행이라니, 전혀 기분이 안 났다. 아빠랑 같이 테니스를 치면 우울한 기분이 사라지던 나이는 진즉에 지났다. 가족과 여행하는 것보다 친구와 함께 놀고 싶었지만, 그럴 만한 절친이 없다. 미안하지만, 여름방학만큼은 고토코를 안 보고 지내길 바랐다. 아마 고토코도 그랬을 거다.

그리고 올해도 여름이 찾아왔다.

친구를 만들 수 있을 것 같았는데, 결국 여름방학이 되도록 실패의 연속이었다. 그러니 분명 내 입은 작년보다 몇 배로 더 나와 있었을 거다. 카루이자와에 갔을 때도 기숙사 방에 틀어박혀서 책만 읽었다. 엄마 아빠가 드라이브며 등산이며 계속 제안을 해 댔지만 힘들다며 방에서 한 발짝도 안 나갔다.

이럴 바엔 안 오는 게 나았겠지만, 우리 엄마 아빠가 나만 혼자 집에 두고 여행을 갈 리가 없다. 두 사람 다 카루이자와를 맘에 들어 하니까 딸로서 어울려 준 것뿐이다. 착하게 굴고 싶은 마음이 조금은 남아 있었던 모양이다.

아니, 난 지금도 착하다. 시험 성적은 엉망이지만 놀아서 점수가 떨어진 것도 아니다. 공부해도 성적이 안 오른 것뿐이다. 아니다, 생각해 보니 그게 더 위험한 것 같다. 결국 내가 바보라는 얘기니까. 내가 그렇게 머리가 나빴나? 언제부터 이렇게 됐지? 그게 아니면 공부 방법에 문제가 있나? 학원에 다녀야 하나?

사실은 초등학교 6학년 때 학원에 다닌 적도 있다. 일주일에 다섯 번이나 가자니 힘들어서 석 달 만에 그만뒀다. 하지만 제일 큰 이유는 학원 아이들과 잘 어울릴 자신이 없어서였다. 전에도 말했듯이, 내가 다닌 초등학교는 마음 약한 초식아들 천지였다. 하지만 학원에서 만난 다른 초등학생들은 육식아들이었다. 시끄럽고, 폭력적이고, 불량했다. 중학교에 가면 이런 녀석들처럼 될까 봐 불안이 엄습했다.

그리고 그때 느꼈던 불안은 제대로 적중했다. 처음보다 많이 익숙해지긴 했지만.

성적이 떨어진 만큼 더 열심히 공부해야 하는데 아무리 해도 의욕이 안 생겼다. 카루이자와에서 돌아온 후에 일단 영어 교과서를 펼쳤지만, 5분 만에 잠이 오기 시작했다.

영문법은 정말 하나도 모르겠다. 어째서 '나는, 입니다, 소녀' 같은 엉터리 순서로 말하는 거지? 어째서 a나 the 따위가 필요한 거야? 왜 파페르(paper)라고 써 놓고 페이퍼라고 읽는 거냐고? 아악, 이해 안 돼!

의미불명의 알파벳을 좇다 보니 퍼뜩 타쿠의 얼굴이 떠올랐다. 엥? 어째서? 왜 하필 타쿠지? 아오이도 아니고…. 타쿠, 뜬금없이 갑자기 나오지 말아 줄래? 근데 심장, 넌 왜 두근거리는 거냐?

그러던 여름방학 어느 날. 혼자 역 앞에서 얼쩡거리고 있었다. 집에만 틀어박혀 있자니 숨이 막힐 것 같았다. 역 앞 서점에서 시간 죽이는 것밖에 할 일이 없는 신세긴 했지만.

잡지를 읽던 나는 "어머?" 하는 소리를 듣고 고개를 들었다. 예쁘게 차려입은 소녀가 서 있었다.

아오이?

진짜 아오이였다. 꽃무늬 셔츠와 끝을 한 번 접은 칠부 바지를 입고 있었다. 사복을 입은 아오이는 그다지 날라리 같아 보이지 않았다. 뭐랄까, 좋은 집안 아가씨 같은 느낌? 학교에서 입고 다니는 미니스커트와는 딴판이다. 그래서 더 마음이 끌렸다.

아오이 뒤에는 유이와 카나에가 서 있었다. 유이는 데님으로 된 짧은 바지와 엄청 멋있는 티셔츠를 걸치고 있었다. 카나에는 너풀거리는 프릴 달린 미니스커트에 검정과 분홍이 섞인 카디건 차림이었다. 카나에 옷이 제일 웃겼다. 커다란 가슴을 최대한 강조하는 옷차림. 쟤네 부모님은 용케도 저런 옷을 입게 내버려 둔다. 얜 아직 중2라고요!

"뭐해?"

아오이가 물었다. 뭐랄까, 아주 오래전부터 알고 지냈던 것 같은 말투였다. 그래서 나도 자연스럽게 대답할 수 있었다.

"별거 없어. 그냥 산책."

"으응~" 하면서 아오이는 고개를 끄덕였다.

"우리 시부야 갈 건데, 같이 갈래?"

뭐?

설마, 지금 나한테 같이 가자고 한 거야? 거짓말이지? 아오이네가 나한테 같이 놀자고 했단 말이야?

그러나 내 모습을 내려다본 순간, 절로 이마에 주름이 잡혔다.

목이 늘어난 티셔츠에 체육복 같은 파란 반바지. 화룡점정은 발꿈치가 닳아빠진 아줌마 샌들이었다. 이런 모습으로 도쿄에 갈 순 없다. 시부야엔 더더욱. 거긴 최고의 패셔니스타들이 돌아다니는 거리잖아. 이렇게 갔다간 유투브에 바로 뜰지도 모른다. 제목은 '시부야에 뜬 체육복녀'가 유력하다.

"저기, 그럼 집에 갔다가 오면 안 될까?"

"시간 없거든?"

유이가 대답했다. 불쾌하다는 얼굴이었다. 원래 붙임성이 없는 아이긴 하지만, 어쩌면 아오이가 나한테 같이 가자고 한 게 맘에 안 드는 걸지도 모른다.

"그냥 잠깐 나온 거라 돈이 하나도 없는데…."

"괜찮아, 빌려 줄게. 일단 빨리 가자. 전철 오겠어."

그렇게 말한 아오이는 등을 돌려 걷기 시작했다. 유이가 그 뒤를 따랐다. 마지막으로 카나에가 다부지게 턱짓을 했다. 따라오라는 제스처다.

도저히 거절할 수 없는 상황이었다.

각오를 굳힌 나는 애들을 따라 개찰구를 통과했다. 교통카드가 있어서 불행 중 다행이었다. 시계를 보니 오후 1시 반이었다. 급행을 타면 시부야까지 30분 정도 걸린다. 그렇다면 저녁식사 때까지는 충분히 돌아올 수 있다. 이렇게 정확하게 귀가 시간을 계산하다니, 아직도 난 착한 아이인 게 확실하다.

여름방학이라 그런지 평일 오후인데도 전철 안이 붐볐다. 앉을 자리가 없었던 탓에 넷이서 나란히 손잡이를 잡고 섰다. 아오이를 중심으로 왼쪽에는 카나에가, 오른쪽에는 유이가 섰다. 그리고 유이 옆이 나였다. 유이보다는 카나에 근처에 있는 게 속편했겠지만 그럴 만한 공간이 없었다. 솔직히 유이는 좀 불편하다.

카나에는 흔들리는 전철 안에서도 아오이에게 계속 말을 걸었다. 아오이가 킥킥거리며 웃었다. 유이가 뭐라고 말을 보탰다. 이 세 사람은 언제나 이런 식이다. 카나에가 개그를 치면 유이가 받아치고, 아오이는 관객처럼 보고 있다.

이 상황에서 난 뭘 해야 좋을까. 세 사람 다 날 무시하고 자기네들끼리 놀고 있다. 뭐 익숙하니까 괜찮긴 하지만, 이번에는 내가 들러붙은 게 아니라 어쨌든 자기네가 불러서 온 거나. 처음에는 닥치고 보고만 있으란 건가? 조금만 더 보고 있으면 내게도 발언권이 생길지도 모른다. 속으로 이것저것 고민하면서 카나에의 개그에 일부러 웃는 척을 했다. 아오이가 불러 준 건 너무 기뻤지만, 낡아빠진 옷과 미묘한 소외감 때문에 벌써부터 집 생각이 났다.

하지만 여기서 약해지면 안 된다. 이제부터 다같이 패션의 거리 시부야에서 놀 거니까. 좀 더 기대해 보자고!

전철이 종착역인 시부야에 도착하자, 아오이가 나를 보고선 "내린다"고 말했다. 내가 얼마나 멍하니 있었으면 그랬을까. 하지만 그 한 마디를 듣는 순간 눈앞에 꽃밭이 펼쳐지는 듯했다. 유이는 무서운 눈으로 노려 봤고, 카나에는 나를 일절 무시하고 있었지만 아오이만은 나를 곁에 두려 한다는 것을 재확인했기 때문이다.

나는 시부야에 대해 아무것도 모른다. 엄마랑 간 적이 있기는 하지만, 밤에 반찬 사려고 역 앞 도큐 백화점 앞을 얼쩡거렸을 뿐이다. 내륙(표현이 이상한가?)으로 들어간 적은 없다. 그러나 역 앞에만 가도 한껏 멋을 부린 사람들이 많았기에 내가 굉장히 뒤처진 것 같았던 기억이 난다.

즉, 나로서는 오늘이 시부야 진출 첫날이다.

옷차림이 무척 신경 쓰였지만, 하치공 광장에 가 보니 편한 옷을 입은 사람들도 꽤 많아서 조금 안심했다. 여기서 나만 튀는 건 아니야! 단순한 나는 그것만으로도 용기가 났다.

때때로 정말 모델처럼 예쁜 여자가 사람들 사이에 섞여 스쳐 지나갔다. 그럴 때마다 역시 시부야라고 감탄하면서 뒤돌아보곤 했다. 그치만 아오이도 지지 않는다. 시부야로 진출한 첫날에 아오이와 함께라니 운이 좋다. 적어도 아오이랑 있으면 열등감을 느낄 일은 없으니까. 아오이를 힐끗거리며 지나가는 사람들한테 "에헴!" 하며 가슴을 펴고 싶어진다. 어때? 예쁘지? 얘가 나랑 같은 반 친구라고.

하지만 정작 아오이 본인은 아무렇지도 않은 얼굴이었다. 사람들 시선에 익숙하달까. 그런 모습이 너무 멋있어 보였다.

우리들이 먼저 간 곳은 109(시부야의 유명한 패션몰 - 역주)였다. 소문으로 듣던 대로 굉장했다. 화려한 옷가게들이 잔뜩 들어차 있었다. 가게를 돌아보는 손님도 멋지게 차려입은 젊은 여자들뿐이었다. 나이든 사람이나 남자, 어린애는 거의 없었다.

애인에게 끌려온 듯한 멋쟁이 남자들이 몇 명 보였는데, 다들 마음이 불편해 보였다. 그렇겠지, 여긴 여자들이 점령한 빌딩이니까. 전철의 여성 전용칸 같은 거지.

옷이랑 액세서리를 이것저것 보다 보니 눈이 빙빙 돌았다. 전부 예쁘고 화려했다. 하지만 중학생한테는 좀 이른 것 같은 옷도 많았다. 값도 비쌌다. 아오이네는 셔츠와 스커트를 늘어놓고 열심히 들여다보고 있었지만 살 마음은 없는 듯했다.

109를 나와 찾아간 곳은 작심하고 데이트용 옷만 파는 가게였다. 하늘하늘한 시폰 원피스와 새틴 스커트가 기득했다. 아까 갔던 109보다는 마음이 놓이는 장소였다. 아오이도 이쪽이 더 마음에 드는지, 109에서보다 더 진지하게 옷을 들여다보고 있었다.

우리는 디저트 숍에 들어가서 간식을 먹었다. 나는 초코칩 아이스크림을 주문했다. 놀랍게도 유이가 내 몫을 계산해 주었다.

"미안해. 금방 갚을게."

"괜찮아. 3백 엔밖에 안 되는데 뭐. 학기 시작하면 줘."

유이가 퉁명스럽게 대답했다. 얼굴은 무섭지만 의외로 다정한 구석이 있는 것 같다. 오해해서 미안해.

또 여기저기를 둘러보고는 전철을 탔더니 6시 즈음이었다.

처음에는 좀 주눅이 들었지만 역시 시부야는 대단했다. 볼 것도 많고, 사람도 많고, 굉장한 도시 같다. 넷이서 또 오고 싶다. 역시 친구랑 같이 다니니까 좋구나.

돌아올 때는 나도 대화에 약간 참여했다. 처음에는 줄곧 무시했던 카나에도 나한테 말을 걸어 줬고, 날카롭던 유이의 표정도 왠지 부드러워졌다. 유이는 여우 눈이라 첫인상이 치갑다. 하지만 그나지 심각한 냉혈한은 아닐지도 모른다는 생각이 들었다.

집에 도착하니 7시가 조금 지나 있었다.

"어딜 쏘다닌 거니? 걱정했잖아."

현관에 들어서자마자 엄마의 목소리가 날아왔다.

"잠깐 시부야에 다녀왔어."

"시부야? 역 앞 서점에 간다고 그랬잖아. 왜 갑자기 그렇게 먼 데까지 간 거야? 돈은 있었어?"

"없어서 친구가 빌려 줬어."

내가 씻으러 세면대로 가자 엄마가 쫓아왔다.

"친구한테? 친구랑 같이 갔어? 나가기 전에는 그런 말 없었잖아."

아~ 시끄러. 그런 식으로 캐물으면 설명하려 하다가도 말하기가 딱 싫어진다.

"친구한테 돈 빌리지 마. 버릇 들면 큰일이니까. 돈 없으면 먼저 엄마한테 말하고."

난 일부러 큰 소리로 입을 헹궜다. 나한테도 사정이 있단 말이다. 어쩌다 보니까 그렇게 됐다니까! 일일이 설명하기 싫다. 어차피 뭔 말을 해도 잔소리할 거면서.

"어쨌든, 말도 없이 먼 데 가면 안 된다. 걱정하잖니."

난 이제 초등학생이 아니다. 전철 타는 방법 정돈 안다고.

"그리고 거긴 그다지 좋은 데도 아니잖아. 뒷골목 같은 데는 절대로 들어가지 마. 위험하니까."

뭘 하건 간에 '안 돼, 하지 마, 그만둬.' 그런 말을 들으면 또 하고 싶어진다. 시부야는 위험하지 않다. 처음에는 좀 무서웠지만 익숙해지니까 아무것도 아니었다. 그렇게 재미있으리라고는 상상도 못 했다. 좀 더 빨리 알았다면 내 인생이 완전히 달라졌을 텐데.

그건 그렇고 최근 엄마의 잔소리가 엄청 늘어난 것 같은데, 기분 탓인가? 예전에는 야단맞으면 기가 죽어서 고개를 숙이고는 훌쩍거렸을 텐데, 지금은 슬쩍 도망친다. 혹은 "네네, 알았습니다" 하고 입으로 대답하면서 속으론 무시한다. '이제 알았어, 알았으니까 더 말할 필요 없어'라는 의사 표시인데, 엄마는 둔감한 건지 눈치를 못 챈다. 아니, 내가 반응이 없을수록 투지를 불태우는 모양이다. 내가 반성하고서 "미안해, 엄마"라고 순순히 고개를 숙일 때까지 잔소리를 하고 싶은 건지도 모른다.

나는 발꿈치를 빙글 돌려서 엄마의 눈을 피해 겨드랑이 밑으로 빠져나갔다. 그리고 거실 소파에 벌러덩 누워 텔레비전을 켰다. 내가 안 좋아하는 개그맨이 썰렁한 개그를 치며 관객과 장난치는 중이었다. 기분이 더 나빠졌다.

"스미레, 엄마가 하는 말 듣고 있는 거야?"

엄마의 목소리가 머리 위로 날아들었다. 역시 쫓아왔구나. 하지만 그렇게 사람을 다그치면 점점 더 삐뚤어질 뿐이라고.

텔레비전을 끄고 슬쩍 일어난 나는 거실에서 나와 방에 틀어박혔다. 식사 시간이라 뱃속에서 꼬르륵 소리가 들렸지만, 허기를 압도하는 분노가 치밀어 올랐다.

결국 그날은 엄마랑 저녁을 먹지 않았다. 소심한 복수라고나 할까. 아빠는 또 늦는 모양이었다. 엄마가 밥 먹으라고 불렀지만 배고프지 않다고 대답하고는 방 안에서 혼자 음악을 들었다.

그리고 엄마가 씻으려고 욕실에 들어간 사이에 부엌으로 숨어들었다. 냉장고를 열어 보니 닭 튀김과 감자 샐러드가 보였다. 그것들을 굶주린 돼지처럼 흡입했다. 냉장고 앞에서 욕실 물 소리에 귀를 세우면서 먹고 있자니 도둑이 된 것 같았다. 버릇없는 행동이라는 건 잘 알고 있다. 하지만 오늘 밤은 일부러라도 이런 짓을 하고 싶었다.

야무지게 먹고는 손가락을 빨면서 내 방으로 서둘러 퇴각했다.

이날 이후 나는 집에서도 혼자 밥을 먹기 시작했다.

결국 그날 이후 아오이와는 다시 만나지 못하고 여름방학이 끝났다. 하지만 그걸로 충분했다. 아오이 그룹 가입 허가증은 이미 발급된 거나 마찬가지니까.

　　그리고 드디어 2학기 개학날이 되었다!

　　등교해서 가방을 자리에 놓고 적당한 타이밍을 보다가, 아오이 네가 모여 있는 자리로 슬슬 이동했다. 아오이가 고개를 들고는 "안녕?" 하고 인사를 해 주었다. 오랜만에 보는 그 얼굴이 너무 귀여워서 그 자리에서 굳어 버릴 뻔했지만 허둥지둥 "안녕!" 하고 대답했다. 살갗이 많이 탄 것 같다며 이야기를 이어 가려 했지만, 아오이는 이미 카나에와 왁자지껄 떠들고 있었다.

　　난 항상 아오이에게 말을 꺼내는 타이밍을 못 맞춘다. 아오이랑 얘기하고 싶은데, 그 커다란 눈이 쳐다보면 그냥 굳어 버린다. 이래가지곤 오해받는다고 안달을 내지만 좀처럼 고쳐지질 않는다.

카나에와 유이는 아오이랑 자연스럽게 얘기하는데 말이다. 나도 빨리 저렇게 되고 싶다.

카나에랑 유이와의 관계는 또다시 원점으로 돌아온 것 같다. 나를 한번 힐끗 보더니 예전에 그랬던 것처럼 완전히 무시했다. 충격이었다. 방해꾼 취급을 받는 것 같아서 순간 등을 돌려 도망칠 뻔했지만, 고개를 홰홰 저으면서 지지 말자고 다짐했다. 그리고 속으로 중얼거렸다.

'그래, 유이한테 아이스크림 값 갚아야 하잖아!'

그런데 주머니를 뒤져 보니 지갑이 없었다. 집에 놔두고 온 거다. 아아, 이 얼마나 바보 같은가. 어쩌면 유이는 내가 돈을 갚기를 내심 기다리고 있는지도 모른다. 자기 입으로 독촉하기 뭐하니까 가만히 있는 거다. 하지만 돈을 잊고 안 가져왔다고 말할 용기가 없었다. 한마디로 창피했다.

이런저런 일들 때문에 첫날은 우울했지만, 다음 날 유이에게 돈을 갚고 고마웠다고 말하고 나자 관계가 좀 나아진 것 같았다. 유이는 "빨리 안 줘도 되는데"라고 했다. 그때 처음으로 유이의 미소를 정면에서 봤다. 꽤 예뻤다. 아오이와는 다른 종류의 아름다움이다. 웃으면 눈꼬리가 위로 올라가는데, 동시에 왼쪽 입꼬리도 같이 올라간다. 남자 같은 미소다. 귀엽기보단 멋있다.

사흘째가 되자 카나에도 겨우 내 존재를 인정하기 시작했다. 나도 카나에에 대해서 조금씩 알아가기 시작했다. 얘는 남을 웃기는 걸 좋아하지만, 사실 낯을 가리는 것 같다. 개그맨 중에 과묵한 사람이 많다고 하지 않는가. 하지만 이런 사람은 한번 친해지면 강아지처럼 찰싹 들러붙는다. 한번은 뒤에서 날 꽉 끌어안아서 깜짝 놀랐다. 하지만 정말 기분이 좋았다. 쿵쿵거리며 뛰는 카나에의 뜨거운 심장 소리가 나에게도 들렸다. 큰 가슴이 폭신했다.

개학을 하고 일주일이 지났다. 그리고 나는 누구나 인정하는 아오이 그룹의 일원이 되었다! 드디어 해낸 거다! 노력이 결실을 맺었다!

그제야 겨우 주위를 둘러볼 여유가 생겼다. 반 여자애들(특히 마이카네 그룹)은 선망과 질투가 뒤섞인 눈빛으로 나를 바라보고 있었다. 당연했다. 걔네들은 반에서 가장 멋진 아오이네 그룹에 들어가고 싶어도 못 들어가는 처지니까. 아오이와 유이, 카나에는 전교에서 톱 3에 꼽힐 만큼 예쁜 애들이다. 그러니 이 그룹의 수준이라는 건 정말이지 대단하다. 그리고 이런 훌륭한 그룹에 들어가려고 내가 얼마나 노력했는지, 지금까지 있었던 일들을 보면 잘 알 수 있을 것이다.

생각이 여기에 미치자 퍼뜩 한 가지 사실이 깨달아졌다. 지금 난 여자애들 사이에서 가장 주목받는 존재인 것이다. 친구라곤 한 명도 없던 촌뜨기가 갑자기 출세를 한 셈이다. 그러니까 내가 잘하지 않으면 다들 비웃을 게 틀림없다. 비웃음당했다가는 아오이의 명예도 더럽히게 된다.

무슨 말을 하고 싶은 거냐고?

나도 예뻐져야 한다는 얘기다!

'예뻐지고 싶다'고 꿈꾸는 수준이 아니다. 반드시 예뻐져야만 한다. 이건 소망이 아니라 의무에 가깝다. 그런데 내 모습을 뜯어보면… 치마만 짧을 뿐! 이래선 안 된다. 좀 더 세련되어져야 한다.

가장 먼저 손 볼 부분은 헤어스타일이었다. 내 헤어스타일은 한마디로 호섭이 머리다. 얼굴과 체형을 고려할 때 그렇게까지 웃기지는 않는다고 생각하지만 촌뜨기 느낌은 피할 수 없을 것 같다.

유이가 나랑 비슷한 스타일인데 호섭이라기보다는 쇼트 보브 커트에 가깝다. 두상이 예쁘기 때문에 보브가 굉장히 잘 어울린다. 거기에 머리카락을 눈에 띄지 않을 정도로 자연스럽게 염색했다. 코코아 브라운이라는 색이란다. 역시 세련된 아이다. 아오이와 카나에는 긴 생머리다. 두 사람 다 염색했다. 대담하게도 밀크 티에 가까운 색깔이다. 만두 모양으로 동그랗게 묶거나 직접 컬을 만들기도 한다. 걔들은 매일매일 스타일이 바뀐다.

나도 머리를 길러야겠다고 생각했다. 쇼트 커트를 하면 유이랑 비교당할 것이다. 조막만한 얼굴, 거기다 팔등신에 보브 커트라니 이만저만 반칙이 아니다. 그렇다고 내가 머리를 기른다한들 아오이랑 겨룰 수 있는 것도 아니다. 노력하면 카나에 수준까지는 어찌어찌 닿을지도 모르겠다. 아니, 그 수준에 도달하지 못하는 일 따윈 있을 수 없다. 지금 나는 아오이 그룹에 속해 있으니까. 하지만 머리를 기르려면 시간이 걸린다. 일단 염색부터 하고, 젤을 바른 뒤 자연스럽게 흐트러트리는 스타일을 해 보기로 결심했다.

그리하여, 난생처음으로 염색이라는 걸 했다. 물론 엄마한테는 아무 말도 하지 않았다.

그런데 염색에도 종류가 많다. 헤어 매니큐어, 브리지, 헤나… 아무것도 모르고 살아온 내가 여자로서 부끄러웠다.

헤어 매니큐어는 탈색할 필요가 없고 얌전해 보이지만, 밝은 색이 안 나온다는 게 단점이다. 그래서 작정하고 탈색한 뒤 염색하는 길을 택했다. 색깔을 고민하다가 첫 염색이니만큼 광택 없는 얌전한 계열보다는 과감하게 노란 계열의 브라운을 선택했다.

머리에 노란 물을 들인 내 모습을 거울로 본 순간, 깜짝 놀랐다. 너무도 달라진 모습에 처음에는 잠깐 후회도 했지만, 머리를 말리고 젤을 발라 정돈하자 꽤 괜찮아 보였다. 역시 세련된 머리 색깔에는 세련된 머리 모양이어야 구색이 맞는 모양이다.

내 머리를 본 엄마의 표정은 내가 본 중 가장 심하게 찌그러졌다. 예상했던 바다. 염색한 거냐고 묻기에 맞다고 대답하고는 내 방으로 달려 들어갔다. 등 뒤에서 깊은 한숨 소리가 들렸다. 하지만 이제 그런 건 신경 쓰지 않는다. 아빠는 아예 입을 다물고 잔소리 한마디 하지 않았다. 나를 포기하려는 것 같다. 차라리 그편이 편하다.

헤어스타일 다음 프로젝트는 화장이다. 산발에 가까운 눈썹을 어떻게든 정리해야 한다. 가위를 들고 찔끔찔끔 잘랐다. 송충이 같던 눈썹이 깔끔한 분재로 바뀌는 것을 보면서 '왜 좀 더 빨리 이렇게 하지 않았을까' 깊이 후회했다.

필요 없는 털은 뽑고 빈 부분은 펜슬로 채웠다. 그리고 밋밋한 눈꺼풀 위에는 아이라이너로 가볍게 선을 그려 줬다. 거울을 보니, 그럭저럭 괜찮은 수준의 여자애가 서 있는 게 아닌가!

그리고 드디어 내 변화를 학교에 알리는 날이 왔다.

아오이와 유이가 내 헤어스타일을 칭찬해 주었다. 카나에는 머리를 좀 더 기르는 편이 어울릴 것 같다고 했다. 나도 그렇게 생각한다. 하지만 지금 스타일은 임시 조치니까 어쩔 수 없다.

내 자리로 돌아갔더니 오른쪽에서 휘익 하고 휘파람 부는 소리가 들렸다. 돌아보니 타쿠가 엄지손가락을 세우고 몇 번이나 작게 고개를 끄덕이고 있었다.

"스타일 멋진데!"

귓가가 순식간에 뜨거워졌다. 타쿠를 똑바로 쳐다보지 못한 채 책상 위로 눈길을 떨어뜨렸다. 고마워, 어울려? 멋지지? 뭐 이런 식으로 대답해야겠다고 생각했지만 목 안에 단단한 뭔가가 걸린 것처럼 말이 나오지 않았다. 그러는 동안 타쿠는 유타가 불러서 어디론가 가 버렸다.

문득 다른 시선을 느끼고 고개를 들었다. 이번에는 왼쪽에 앉은 준이 나를 보고 있었다. 나와 눈이 마주치자 천천히 시선을 돌려서 다시 독서를 시작했다. 오늘은 도대체 뭘 읽고 있는 걸까? 『희귀

금속 대사전』이다. 또 광물 관련 책인가.

전부터 막연하게 느끼고 있었던 건데, 준은 관심 없는 척하면서 실은 나를 꽤 훔쳐보고 있다. 쪼잔해. 남자애는 자고로 시원시원해 야지. 예전에는 고고해서 좋아 보인 적도 있지만 지금은 전혀 아니 다. 중2 주제에 고고하다니 왠지 똥폼 잡는 것 같지 않아?

남자애들은 역시 여자애의 변신에 관심이 있구나. 주목받는 게 싫지는 않았다. 특히나 관심 있는 남자애가 나를 주목해 주는 건 더더욱 싫지 않다.

응? 내가 관심 있는 애가 누구냐고?

비밀이다.

나는 예뻐지겠다는 의욕에 불타올랐다. 우선 기본부터 다져야겠 다는 생각에 이것저것 시도했다. 깨끗한 피부를 만들기 위해서 밤 에 팩을 하기 시작했다. 모공 팩과 수분 팩을 번갈아 하고 있다. 그 러고는 우유로 마무리한다. 얼굴로 끝나선 안 된다. 몸에도 촉촉하 게 바디 로션을 발랐다. 태양을 피하기 위해 자외선 차단제도 발랐 다. 학교에 가기 전에는 화이트닝 세럼을 발랐다. 미백이 대세 아 니겠는가.

중학생 주제에 너무 심하다고? 하지만 다들 이런다. 아오이랑 유 이, 카나에도 전부 하고 있다. 미모란 하루 가꾼다고 완성되는 게 아니다. 그냥 예뻐지는 게 아니라는 말씀이다. 예쁜 아이는 누구나 필사적으로 노력하고 있는 거다. 그러니 나도 노력해야 한다!

절망적인 분위기에서 시작했던 1학기와는 다르게 2학기는 순조롭게 출발했다. 양지바른 곳으로 겨우 기어 나온 두더지의 기분이 이럴까. 예전의 내 모습을 두더지라고 표현하는 건 좀 슬프지만, 사실이 그랬다.

  하지만 지금은 인간 대접을 받고 있다. 마이카네 그룹처럼 이상한 집단도 아니고, 시부야를 돌아다니다 헌팅될 것 같은 애들이랑 친구가 되었다. 이제 겨우 학교생활의 청춘을 누릴 수 있게 된 것이다.

  하지만 학교생활은 여전히 지루하기 짝이 없다. 나도 아오이도, 유이도 카나에도 공부를 싫어한다. 단, 학교 교육이 재미없는 것뿐이지 배우는 것 자체가 싫지는 않다는 말에 우리 네 명의 의견이 일치했다.

  뉴욕에서 살다 온 아오이는 영어를 잘한다. 하지만 중학 영어는 전혀 의욕이 솟질 않는단다. 'Z'를 '제트'라고 읽는 선생의 수업 따위 너무 바보 같아서 듣기 싫다며 수업 중에 몰래 자고 있다.

하루에 여섯 시간이나 권태에 몸부림치며 지내다 보면, 종례가 끝나자마자 폭발하게 되어 있다. 회사원들도 6시부터 기운이 넘친다는데 그거랑 똑같다.

역 앞 미스터 도넛에서 포도 슬러시 한 잔을 시켜 놓고 몇 시간씩 수다를 떨기도 한다. 돈이 있을 때는 쇼핑을 하거나 노래방에 간다.

유이는 노래를 잘한다. 어려운 우타다 히카루(일본 유명 R&B 가수 - 편집자 주)의 노래도 문제없다. 좀 의외였다. 그 다음으로 잘하는 사람은 아오이다. 청순한 얼굴에 어울리는 고음으로 히라노 아야(애니메이션 성우 겸 가수 - 역주)의 노래를 부른다. 예전에 애니메이션을 꽤 좋아했다고 한다. 그다음이 나고 마지막이 카나에다. 평소에 그토록 수다쟁이인 아이가 이렇게나 음치였다니…. 사람 일이란 모르는 거다.

세 사람 모두 운동신경이 상당히 좋은 편이다. 하지만 다들 체육을 싫어하는 척하고 있다. 운동부 활동도 하지 않는다.

"구기 종목이란 건 웃겨. 그물 속에 공이 들어갔는지 안 들어갔는지를 갖고 그런 소란을 피우다니 바보 같지 않아?"

이런 소릴 하면서, 아오이가 잘하는 운동은 농구다. 멋진 폼으로 레이업 슛을 성공시키는 걸 본 적도 있다. 역시 이 아이는 태어날 때부터 스타였던 거다. 반대로 마이카 일행은 열심히는 하지만 패

106

스는 상대편한테 하고, 드리블은 늘 커트당하고, 슛은 성공시킨 역사가 없다. 방해만 되니까 얌전히 앉아서 관람만 해 줬으면 좋겠다. 나처럼. 나도 운동신경이 없어서 코트 끄트머리에서 구경만 한다. 쟤네처럼 방해하진 않는다.

눈에 뜨이는 일행이다 보니 아무래도 남자들이 자주 치근댄다. 그것도 같은 나이 또래가 아니라, 고등학생, 대학생에 심지어 양복 입은 아저씨까지 다양하게 말을 걸어온다. 자랑은 아니지만, 난 이제까지 모르는 남자한테 헌팅을 당한 적이 한 번도 없다. 그래서 처음으로 남자가 치근거렸을 때는 깜짝 놀란 나머지 등 뒤에 냉기가 좌라락 흘렀다. 잡혀가서 이상한 짓을 당하는 게 아닐까 싶었던 것이다.

하지만 아오이는 너무나도 자연스러워 보였다. 유이도 그렇다. 두 사람 다 남자한테 차갑게 대하지만, 사실은 두 가지 방식이 있는 것 같다. 함량 미달인 남자가 말을 걸어오면 정말로 냉정하게 내친다. 바쁘다며 그 자리를 떠나는 것이다. 그럭저럭 괜찮은 남자일 경우에는 차갑게 대해도 진심으로 싫어하는 건 아니다. 상대가 어떻게 나오는지를 재 본달까, 평가하는 중이다. 그리고 눈앞의 남자가 어떤 사람인지 확실해질 때까지는 '우린 그렇게 쉬운 여자가 아냐'라고 외치는 듯한 포스를 내뿜는다.

나로선 도저히 이런 밀당을 할 수 없다. 등 뒤에 막대기라도 박아 넣은 것처럼 딱딱하게 긴장한 채, 말을 걸어와도 고개만 숙이고 있다. 스스로도 꼴불견이라고 생각하지만 어찌 할 수가 없다. 정말이지 난 아직 어린애다.

카나에는 나와 정반대다. 얘는 차갑게 굴지도 않고 나처럼 얼지도 않는다. 괜찮은 남자가 말을 걸면 금방 눈이 하트로 변한다. 보는 사람이 부끄러워질 정도다. 게다가 제스처 하나하나가 너무도 크다. 남자가 뭐라고 말하면 '네에~?'라고 오버해서 반응하고, 빨개진 얼굴로 나나 유이의 가슴에 파고든다. 그렇게 좋으면 남자 가슴에 파고들면 될 텐데.

한번은 대학생으로 보이는 남자 셋에게 헌팅당했다. 술집에서 일하는 것 같은 분위기에 껄렁해 보였다. 하지만 그럭저럭 괜찮았고 아득바득 달려드는 모양새도 아니어서, 같이 어울려도 되겠다고 우리 아오이가 판단한 모양이었다.

세 사람 중 리더 격인 남자(제일 잘생겼다)가 아오이를 노리고 이런저런 얘기를 시작했다. 다른 두 사람은 우열을 가릴 것도 없이 보통의 외모였다. 다부진 남자가 카나에를, 마른 남자가 유이를 찍었다.

그리하여 나만 남겨졌다. 어차피 나는 딱 보기에도 넘버 4니까. 하지만 상대가 없었기 때문에 상황을 냉정하게 관찰할 수 있었다.

노래방에 가자고 남자들이 꾀자, 잠시 생각하던 아오이는 대수롭잖은 말투로 "늦게까진 안 돼요"라고 대답했다. 남자들은 저희들끼리 엄지를 세우고 "좋았어!"라며 기뻐했다. 이걸 계기로 그들의 태도가 점점 대담해진 것 같았는데, 기분 탓일까?

노래방에 들어갈 때 시계를 보니 4시가 조금 지나 있었다. 정해 준 방에 들어가자 남자들이 바로 술을 주문했다. 우리에게도 권했지만, 아오이는 콜라면 됐다며 거절했다. 유이도 소프트드링크 쪽을 택했고, 나도 메론 소다를 주문했다. 그런 와중에 카나에가 생맥주를 주문해서 깜짝 놀랐다. 남자들 페이스에 완전 말려든 것 같았다.

"봐봐. 마시는 애도 있다니까! 다들 마시자. 괜찮아. 맥주는 술도 아니라고."

리더인 금발 남자가 권했지만 아오이는 부드럽게 거절했다.

드디어 음료가 도착했다. 건배를 한 후, 금발 남자가 주머니에서 담배를 꺼내더니 불을 붙였다. 회색 연기를 크게 들이마셨다가 뱉어 낸 다음, 그제야 생각난 것처럼 옆에 앉아 있는 아오이에게도 권했다. 아오이는 따분하다는 표정으로 담배 한 가치를 뽑았다. 금발 남자가 아오이의 담배에 불을 붙여 주었다.

아오이가 가볍게 연기를 들이켰다가 내뿜었다. 많이 피워 본 분위기다. 좀 충격이었지만, 역시 담배 정도는 다들 피우는구나 싶었다. 아오이 옆에 있던 유이도 어느 샌가 연기를 뻐끔뻐끔 내뱉고 있었다. 카나에는 양 눈썹을 미간으로 모으고서 지금 막 첫 모금을 빨려는 참이었다.

"너도 한 대 하지?"

카나에를 쿡쿡 찌르던 말라깽이가 담뱃갑을 흔들었다. 그러더니 담뱃갑에서 삐죽이 튀어나온 한 대를 내 앞에 들이댔다. 당연히 나도 피울 거라고 확신하는 얼굴이었다. 주저주저하면서 담배를 뽑았다.

다들 술은 안 마시지만(카나에 제외) 담배는 피우는구나. 전혀 몰랐다. 물론 나는 술도 담배도 해 본 적이 없다. 특히나 담배는 구경도 못했다. 부모님도 친척들도 피우지 않기 때문에 집에 재떨이도 없다.

하지만… 지금은 피울 수밖에 없겠지? 겨우 아오이 그룹에 들어왔는데 분위기를 망칠 순 없다. 엄지와 검지로 움켜쥔 담배를 남자가 내미는 불에 늘이밀었다.

"야, 생일 케이크 초에 불 붙이냐? 입에 물고 붙여야지."

말라깽이가 큭큭 웃었다. 순간 뺨이 화상이라도 입은 것처럼 뜨거워졌다. 하지만 아오이도 유이도 카나에도 내 우스꽝스런 꼬락서니를 눈치채지 못한 모양이었다. 다행이다.

담배를 입에 물고서 다시 도전했다. 눈썹이 타들어가는 것 같은 열기가 확 끼쳤다. 허둥지둥 불에서 떨어졌지만, 어느 샌가 입에 문 담배에 불이 붙어 있었다. 눈을 깜박여 보니 위쪽 속눈썹과 아래쪽 속눈썹이 미묘하게 들러붙는 느낌이다. 역시 탄 거다.

"빨아들여, 빨리. 아깝잖아."

담배 피운 적이 없다는 사실은 이미 다 들킨 것 같다. 연기를 빨아들이자마자 바로 토해 냈다. 우욱, 답답해. 입속으로 들어오는 연기가 콧속으로 역류할까 봐 무서웠다.

미안하지만, 맛없다. 역시 이런 건 중학생이 할 게 아니야. 하지만 바로 끄는 건 담배를 준 사람에게 실례인 것 같아서(실례 아냐. 끄리고!) 재떨이 가장자리에 세워 뒀다(표현이 이상한가?). 연기가 내 쪽으로 흘러와서 눈이 아팠다(끄라니까!).

이러는 사이에 다들 노래를 부르기 시작했다. 유이에게 말을 걸던 근육질 남자가 FLOW의 노래를 고르더니, 시끄러운 음악에 맞춰서 목이 비틀린 닭 같은 목소리로 노래를 불러젖혔다. 솔직히 귀를 막고 싶었다. FLOW를 싫어하는 건 아니지만, 이 녀석이 노래하니 답이 없다.

그 다음에는 여자 차례라고 하기에 아오이가 마이크를 잡았다. 금발 남자가 아오이 옆에 착 달라붙어 있었다. 좀 전까지는 그래도 좀 떨어져 있었는데, 점점 가까이 붙는 것 같다. 아오이가 노래하는 도중에 카나에가 하이톤으로 꺄하하하 웃어 댔다. 노래를 비웃는 게 아니다. 취해서 알딸딸해진 거다. 괜찮을까?

그다음부터는 모두들 순서대로 한 곡씩 불렀다. 시계를 보니 5시 반이었다.

아오이가 느닷없이 일어서더니 가겠다고 했다. 남자들이 모두 멍하니 입을 벌렸다. 나도 너무 갑작스러워서 당황했지만, 한편으로는 마음이 놓였다. 솔직히 말해서 그 자리가 불편했다.

"뭐? 벌써 가는 거야?"

금발이 불만을 토했다.

"조금만 더 놀자."

"이제 곧 저녁때잖아. 우리가 살게."

말라깽이와 근육질도 불만스러운 듯이 입을 모았다.

"미안하지만, 학원 가야 돼."

아오이가 태연한 얼굴로 말하자 유이가 뒤를 이었다.

"나도 학원 수업 있어. 6시부터."

나도 분위기에 휩쓸려서 거짓말을 했다.

"오늘은 학원에서 반 배정 시험이 있거든. 빠지면 안 돼."

물론 세 사람 다 학원 따위 다니지 않는다.

카나에는 조금 불만족스러운 얼굴이었지만, 미적미적 일어나더니 짐을 주섬주섬 챙기기 시작했다. 밥 먹고 가라고 끈질기게 달라붙는 남자들을 뒤로 한 채 방을 나섰다. 쫓아올 것 같다고 생각했지만, 닫힌 방문은 열리지 않았다. 아직 노래방 시간이 남아 있기 때문일까. 의외로 쫀쫀하다.

우리는 롯데리아에 들어가 캐러멜 셰이크를 빨면서 수다를 떨었다. 아오이는 아까 만난 남자들을 엄청나게 헐뜯었다.

"노래방에서 정면으로 보니까 보노보처럼 생겼더라고."

보노보란 침팬지의 축소판처럼 생긴 원숭이의 종류라고 한다. 오늘 처음 알았다.

"그런 주제에 점점 더 달라붙잖아. 하도 짜증이 나서 그냥 나온 거야. 뭐, 공짜로 콜라 마시고 노래 연습도 했으니까 손해는 안 봤지만."

그리고 가방을 뒤지더니 마일드 세븐 한 갑을 꺼냈다. 얼굴을 찌푸리며 불을 붙이더니 한숨처럼 내뱉는다. 기세 좋게 피어오른 연기가 내 머리 위에서 흔들흔들 떠돌았다.

나도 모르게 주위를 돌아보았다. 생각해 보라. 우린 교복 차림이란 말이다. 가게 안에 손님이 별로 없긴 했지만 그렇다고 완전히 텅 빈 것도 아니었다.

"담배 피우는구나…?"

내가 했지만 참 바보 같은 질문이다. 아까 봤잖아!

"평소엔 안 피워. 열 받았을 때만 피우지. 아니면 술 마실 때나."

"술 마시는구나…?"

또 바보 같은 질문을 해 버렸다. 술과 담배는 한 세트잖아! 그야말로 어른 취향이다. 하지만 아까는 맥주 시키는 걸 거절했는데?

"맥주는 별로. 정종도 위스키도 싫어. 난 와인만 마셔. 그것도 붉은 것만. 보르도가 맛있지. 샴페인도 싫어하진 않아."

무슨 소린지 잘 모르겠지만 어쨌든 굉장하다.

"액세서리 좀 뜯어낼까 했는데, 나중에 귀찮게 굴 것 같더라."

유이의 말에, 아오이가 그 녀석들은 안 된다면서 고개를 저었다.

"그놈들 완전 짠돌일걸. 틀림없이 거지야. 그런 주제에 시키면

속을 내놓는 꼬라지들 하고는."

문득 눈을 들어 보니 아오이의 가방이 진동하고 있었다.

"끈질기게 폰 번호를 물어봐서 가르쳐 줬는데, 벌써 문자를 세 번이나 보냈어. 바보 아니야? 착신 거부 해 놔야겠어."

아오이가 휴대폰을 들여다보면서 눈썹을 찌푸렸다.

"하지만 카나에는 그 마른 남자랑 분위기 꽤 괜찮지 않았어?"

유이의 말을 들은 카나에는 아니라며 부정했지만, 남자 보는 눈이 없다고 아오이와 유이가 입을 모으자 기가 죽었다. 하지만 그런 수준 낮은 남자들의 헌팅을 받아들인 건 우리잖아.

"아오이, 남친 없어?"

거울을 꺼내 눈 밑을 체크하는 아오이에게 물었다. 예전부터 계속 하고 싶었던 질문이다. 아오이가 누구랑 사귀는지에 대해 소문이 난무했기 때문이다.

"지금은 없어. 당분간 남친 같은 거 안 만들 거야. 귀찮아. 조용히 돈만 대 주는 사람이라면 사귀어 줄 수도 있지만."

으아~ 역시 말하는 수준이 달라.

"돈이 필요해~."

카나에와 유이가 합창했다. 나도 그 기분 안다. 전에는 돈에 그다지 집착하지 않았지만, 꾸미고 다니는 지금은 돈이 없으면 아무것도 할 수 없다. 옷, 화장품, 액세서리, 사고 싶은 물건은 산만큼 많다.

그럼 얘들은 우리 반 남자애들은 안중에도 없겠구나. 중학생 남자애가 돈 같은 게 있을 리 없잖아. 그래도 일단 물어봤지만, 후보로도 안 쳐준다는 대답이 돌아왔다.

"우리 반 남자애? 말도 안 돼!"

아오이는 눈썹을 늘어뜨리면서 고개를 흔들었다. 유이랑 카나에도 어림없다는 얼굴로 콧방귀를 뀌었다. 그런가? 나는 그렇게 형편없지만도 않다고 생각하는데. 분명 돈은 없겠지만, 중요한 건 그것만이 아니잖아.

이때 누군가의 얼굴이 딱 머릿속에 떠올랐지만, 여기서는 말할 수 없다. 이미 다들 눈치 챘을지도 모르겠지만.

가을이 되니 새 옷을 사고 싶다. 작년에 입던 가을 옷은 너무 애 같아서 입을 수가 없다. 하지만 돈이 없다.

그동안은 어릴 때 성실하게 모아 놓은 용논 덕분에 그나마 이것 저것 살 수 있었다. 하지만 이제 슬슬 바닥이 보인다. 게다가 가을 옷은 여름 옷과 달라서 비싸다. 아아, 나도 스폰서가 있었으면 좋 겠다.

당연한 얘기지만, 꾸미고 다닌다고 용돈이 올라가는 건 아니다. 내가 새 옷을 입고 나가면 당장 엄마가 캐묻는다. "그건 어디서 샀 어? 얼마 했어? 돈은 어디서 났어?" 세뱃돈을 모아놓은 게 있었다 고 설명했지만 의심스런 눈으로 볼 뿐이었다. 딸내미를 믿으라고! 난 거짓말은 안 한단 말이야.

알바라도 하고 싶지만 중학생을 써 주는 곳은 없다. 최소한 고등 학생 이상이어야 한다. 아오이네도 알바를 하는 건 아닐 텐데 예쁜 옷을 잔뜩 갖고 있다. 그걸 보면 조바심이 난다. 나만 항상 같은 옷이면 꼴불견인 데다, 최악의 경우 그룹에서 쫓겨날지도 모른다. 그 애들은 부모님이 부자라서 용돈을 많이 받는 걸까? 아아, 부러워. 나도 그런 부잣집 애로 태어나고 싶었는데.

"아냐. 우리집 부모는 완전 짠돌이라고. 절약이 취미인 양반들이라니까."

카나에가 말했다. 들어 보니 아오이나 유이네 집도 비슷하단다. 그럼 어떻게 옷이나 화장품을 사는 걸까.

"그거야 뭐, 여러 가지 방법이 있잖아."

"여러 방법?"

카나에는 의미심장한 웃음을 흘리며 가 버렸다.

음, 나도 한 가지는 알고 있다. 헌팅당해서 노래방에 갔을 때 배웠기 때문이다. 하지만 그런 방법은 솔직히 맘에 들지 않는다.

그러던 와중에 또다시 사건이 일어났다.

주말이었다. 우리들은 언제나처럼 시부야의 하라주쿠 근처를 서성이고 있었다. 예쁘게 차려입고서 화려한 거리를 걷고 있으면 반드시 치근대는 녀석이 나타난다. 대개 아오이를 노리고 다가오지만 그게 안 된다면 유이나 카나에라도 괜찮다는 태도다. 그것도 안 되면 나…겠지만, 그런 적은 한 번도 없었다. 오해가 없도록 말해 두자면, 난 헌팅하는 사람 따위 믿지 않는다. 그래서 시끄럽게 들러붙는 녀석이 없는 게 다행이라고 항상 생각했다.

그런데 그날은 평소와는 조금 달랐다.

하라주쿠 신발 가게 유리창에 부츠를 할인 판매한다는 종이가
붙어 있었다. 너무도 예쁜 핑크색 반부츠였기 때문에 갖고 싶어 견
딜 수가 없었다. 아오이도 유이도 카나에도 모두 부츠를 신고 있었
는데 나만 부츠가 없었다.

"나도 이런 부츠 갖고 싶다."

그렇게 중얼거렸더니 옆에 있던 유이가 돈이 없느냐고 물었다.
할인해도 내 형편에는 턱도 없는 가격이다.

"그럼 선물해 달라고 하면 되잖아."

응?

'누구한테?'리고 되물으려는데, 낯선 남자 집단이 나타났다.

"다들 예쁘게 생겼네. 고등학생이야?"

또 헌팅이다. 대학생쯤 되는 것 같다. 모두 세 사람이었다. 그중
두 사람은 그럭저럭 늘씬하고 멋쟁이였지만, 나머지 한 사람은 고
개가 갸웃거려지는 느낌이었다. 무슨 뜻이냐고 물으면 설명하기
어렵지만, 어쨌든 무슨 생각을 하고 있는 건지 잘 모르겠는 얼굴이
었다. 다른 두 사람과 달리 무표정이다.

제일 키가 크고 스타일이 좋은 남자가 아오이에게 치근거렸다.
아오이는 그 사람이 맘에 드는지, 상대의 얘기에 열심히 장단을 맞
추고 있었다. 눈도 하트 모양으로 변한 것 같다.

또다른 괜찮은 남자는 유이와 카나에게 번갈아 말을 걸고 있었

다. 이놈은 백주대낮에 당당히 양다리를 걸치고 있는 건가! 하지만 유이와 카나에는 방싯거리면서 남자의 이야기를 듣고 있었다. 이쪽도 꽤 좋은 분위기다. 이렇게 빨리 커플이 결정돼도 괜찮은 거야?

그리고 어째서인지 그 '갸웃남'이 내 옆에 서 있었다. 나한테 말을 걸어온다. 하지만 목소리가 작아서 잘 들리지 않았다. 신발 가게에서 벗어났지만, 내 옆에 딱 붙어서 따라온다.

어쩌지? 아오이네를 쳐다봤지만 다들 자기네 세계에 푹 빠진 듯했다. 나 스스로 어떻게든 할 수밖에 없는 모양이다.

나는 점점 갸웃남의 중얼대는 목소리에 익숙해졌다. 나이는 얼마인지, 어디 학교인지 쓸데없는 질문만 하고 있다. 뚱하니 입을 다물고 있기도 뭐해서 일단 묻는 말에는 짧게 대답했다. 아니, 사실 이럴 때는 오해를 사지 않도록 완벽하게 무시하는 게 좋은데 그러지 못하는 자신에게 짜증이 났다. 갸웃남의 이름은 사이토이며, 크리에이터 계열의 전문학교를 다닌단다.

앞서 가던 아오이네가 카페에 들어가기에 우리도 뒤를 따랐다. 빈 테이블을 찾고 있는데, 유이가 다가와서 속삭였다.

"아까 그 부츠, 사 달라고 해. 그 사람한테."

뭐? 안 돼, 그런 건!

하지만 유이는 내게 대답할 틈도 주지 않고 의미심장한 미소를 띤 채 자리로 돌아갔다.

모두 일곱 명이었던 탓에 두 테이블로 갈라졌다. 나와 갸웃남을

제외한 다른 사람들은 잽싸게 입구 가까이에 놓인 6인용 테이블을
차지했다. 나와 사이토만 떨어져서 안쪽 2인용 테이블에 앉는 처
지가 되었다.

어째서 이렇게 된 거야?

하지만 이제 와서 싫다고 말할 수도 없었다. 일단 가만히 참으면
서 시간이 지나가기를 기다렸다. 아아, 집에 가고 싶다.

좀 전까지 잘도 떠들던 사이토가 갑자기 입을 다물었다. 고개를
숙인 채 앉아 있는 나를 계속 쳐다보고 있는 것 같다. 얼굴만이 아
니라 목이나 가슴도 보고 있다. 아이스커피를 홀짝홀짝거리면서
한동안 내 상반신을 훑더니 서서히 입을 열었다.

"남친 있어?"

"없어요."

솔직히 대답하고는 바로 후회했다. 있다고 말할 걸 그랬다. 그랬
으면 봐 줄지도 모르는데.

"어떤 남자가 좋아?"

"모르겠어요."

파인애플 주스를 한 모금 마시면서 대답했다. 아무 맛도 안 느껴
졌다.

"좋아하는 타입이 있을 거 아냐. 운동 계열이라든가, 문과 계열
이라든가."

"성실한 사람이 좋아요."

"그래? 나도 꽤 성실한데. 그렇게 안 보여?"

"…."

진심으로 집에 가고 싶어졌다. 애당초 난 연상남 따위엔 관심도 없다. 남친은 역시 동갑이 좋다. 사이토는 그런 내 마음 따윈 전혀 이해 못하는 듯했다. 가느다란 눈을 더욱 흘겨 뜨면서 나를 보고 있었다.

문득 아무도 없다는 사실을 깨달았다. 입구 가까이에 진치고 있었던 아오이네가 어느 새인가 가게를 나간 모양이었다. 등줄기에 차가운 것이 스쳤다. 혹시 날 버리고 간 거야? 말도 안 돼, 너무해!

"곤란하게 됐네. 우릴 남겨두고 간 모양이야."

내 눈길을 눈치 챈 사이토가 말했다. 하지만 전혀 곤란하지 않다는 태도였다.

"어떡할까? 여기 좀 더 있을까? 주스 더 마셔."

거의 입을 대지 않은 파인애플 주스 속 얼음이 완전히 녹아 있었다. 이런 걸 홀짝거리고 있을 때가 아니다. 빨리 아오이네랑 합류해야 한다.

"가야겠어요."

가방을 들고 일어섰다.

"응? 벌써 가는 거야? 뭐, 상관없지만."

사이토는 그렇게 말하면서 마지못해 일어섰다. 그가 계산대에서 주스값을 계산하는 동안 도망칠까 망설였지만, 어쨌든 사 줬는데 그런 짓을 해선 안 된다고 생각했다. 아, 난 착하게 행동해야 한다는 정신적 속박에서 벗어나질 못하는 것 같다.

밖으로 나와서 둘러봐도 아오이네 모습은 보이지 않았다. 설마 벌써 돌아간 건 아니겠지? 하라주쿠에 온 지 얼마 되지도 않았는데. 분명 어딘가에서 산책이라도 하고 있을 거다.

그렇게 생각한 나는 길을 눈으로 훑으며 걷기 시작했다. 당연하다는 듯이 갸웃남이 내 뒤를 쫓아왔다.

"뭘 그렇게 서둘러? 천천히 경치라도 구경하면서 걷자고."

난 당신이랑 경치 구경이나 하자고 걷고 있는 게 아니야. 한마디 인사도 없이 사라진 반 친구들을 찾아야 하니까 걸음이 빨라지는 거라고! 눈치 좀 채!

더 이상 이 사람과 같이 있고 싶지 않다. 주스 잘 마셨다고 인사하고 빨리 헤어지고 싶은데, 타이밍을 잡을 수가 없다.

"왜 그래? 화났어? 내가 나쁜 짓이라도 했어?"

그러니까, 그런 게 아니라니까.

"내가 싫어? 어디가 맘에 안 드는데? 그렇게 뚱하니 입만 다물지 말고 확실히 말해."

"맘에 안 드는 그런 문제가 아니에요."

어쩔 수 없이 대답했다.

"그럼 싫은 건 아니구나."

바싹 다가온 사이토가 내 옆얼굴을 훔쳐봤다. 어떻게 대답해야 할지 몰라서 다시 입을 다물었다.

"역시 싫지 않은 거지? 얼굴에 그렇게 쓰여 있어."

문득 눈을 들어 보니 반대 방향에서 아는 얼굴이 걸어오고 있었다. 깜짝 놀랐다. 노구치 준이치다. 준이 이쪽을 향해서 걸어오고 있었다. 내 얼굴을 지그시 쳐다보고 있기에, 나도 그를 바라보았다.

"아, 미안. 잠깐 저기 잡화점에 들러도 될까? 사고 싶은 게 있어서. 같이 오지?"

사이토가 말했다.

"아뇨. 여기 있겠어요."

아니다, 차라리 먼저 가겠다고 말하는 편이 나았겠다고 생각한 순간, 사이토는 이미 등을 돌린 채 가게 안으로 들어가고 있었다.

"뭐해?"

사이토가 가게 안에 들어가는 것을 본 준이 나에게 다가왔다. 준이 내게 말을 건 것은 처음 있는 일이다. 평소에는 바위처럼 입을 다물고 있던 준이 처음으로 나한테 말을 건 까닭은, 내가 절박하기 짝이 없는 시선으로 자기를 바라보았기 때문일 것이다.

하지만 막상 그렇게 물으니 솔직히 대답할 수가 없었다. 설명하자니 실로 멍청한 이야기라서 부끄러웠다.

"아는 사람이야?"

준이 잡화점을 턱으로 가리키면서 물었다. 나는 고개를 좌우로 흔들었다. 그때 사이토가 가게에서 나왔다. 준은 그를 보더니 내

옆에 딱 붙어 섰다. 그런 준의 모습을 본 사이토의 얼굴이 어두워
졌다. 설명하라는 눈으로 날 쳐다본다.

"이 애의 반 친구입니다."

준이 나를 감싸듯이 한 발 앞으로 나서더니 자기를 소개했다. 경
직된 그의 등은 의외로 넓었다. 나는 반사적으로 그 뒤에 숨었다.

"뭐야, 그런 거였어?"

사이토는 불쾌한 눈초리로 우리 둘을 쳐다보았다.

"도와 달라고 남친을 부른 거야? 나 원, 전혀 그럴 생각 없었거든?
심심해 보여서 놀아 줬더니만. 난 어린애 따위한텐 관심 없다고."

잠시 중얼중얼 악담을 늘어놓던 사이토는 드디어 "재수 없어"라
는 한 마디를 남기고 가 버렸다. 긴장해 있던 준의 등이 느슨해지
는 게 느껴졌다. 빙글 돌아본 준은 한숨을 쉬더니 곧 느긋한 표정
을 지었다. 처음으로 보는 준의 미소였다. 앞니가 하얗다.

"그럼, 난 간다. 이제 괜찮겠지?"

준은 어찌 된 일인지 내막을 캐물을 생각은 없는 모양이었다.

"응. 괜찮아."

"그럼."

"아… 저기."

등을 돌려 가 버리려는 준에게 말을 걸었다.

"하라주쿠에 자주 오니?"

준은 내 질문에 고개를 저었다.

"처음 왔어. 이 근처 서점에서 좋아하는 작가의 강연회가 있었거든. 방금 다녀오는 길이야."

그렇구나. 이 애에게 이런 거리는 어울리지 않는다. 중학생이 강연회를 보러 오다니 왠지 굉장하다. 그러고 보니 애는 책을 좋아했지. 특이하게도 괴물에 대한 책에 관심이 많은 것 같지만.

"오늘 고마웠어."

내가 손을 흔들자 준은 고개를 끄덕인 후 다시 등을 돌렸다. 멀어지는 그의 뒷모습을 가만히 지켜보았다.

준과 헤어지고 주변을 한 바퀴 돌았지만 아오이네 일행을 찾을 수가 없었다. 어쩔 수 없이 집으로 돌아가기로 했다. 육교를 건너서 역 앞 광장까지 갔더니, 놀랍게도 거기에 나를 버린 사람들이 휴대폰을 든 채 모여 있는 게 아닌가. 다들 쇼핑백을 들고 있었다. 남자들의 모습은 보이지 않았고, 여자애들 세 명뿐이었다.

"너무해."

내가 음성을 높이자 휴대폰 화면을 보고 있던 세 사람이 일제히 고개를 들었다.

"어머나, 부츠 사 달라고 안 했어?"

유이가 말했다.

"사 달라니 누구한테? 설마 아까 그 사람한테? 지금 막 만났는데 그런 말을 어떻게 해?"

유이가 비닐 봉투를 들어 보였다. 어? 그거 설마, 아까 만난 그

두 사람이 사 준 거야?

"블라우스 사 주던걸."

"난 이거."

카나에가 옆으로 고개를 돌리자, 아까는 없었던 커다란 귀걸이가 귀 밑에서 달랑거리고 있었다.

"모처럼 분위기 좋은데 방해하면 안 될 것 같아서 몰래 자리 비켜 준 거라고. 근데 전리품이 없단 말이야?"

아오이의 눈썹이 질렸다는 듯이 처졌다.

"분위기는 무슨! 난 연상은 싫단 말이야. 어째서 아무 말도 없이 가 버린 거야?"

"휴대폰이 없으니까 그렇지."

"맞아 맞아. 휴대폰이 있으면 문자 보내면 되잖아."

"힘내라든지, 슬슬 떨궈 내고 싶다면 화장실 가는 척 하라든지, 이것저것 가이드해 줄 수 있었을 텐데."

세 사람이 연달아서 내게 화살을 날렸다. 나는 입을 다물었다. 우리 아빠는 절대로 휴대폰을 사주지 않는단 말이야.

갑자기 아오이의 휴대폰이 울렸다. 발신자를 확인한 아오이가 즉시 통화 버튼을 누르더니 애교 섞인 목소리로 이야기를 시작했다.

"응. 즐거웠어. 다음 주? 응~ 아직 잘 모르겠는데…. 뭐? 모르겠어. 하지만 관심은 좀 있어. 꺅! 진짜야 그거? 응응, 나도 그거 보고 싶어."

영원히 계속될 것만 같던 애교스런 통화는 의외로 빨리 끝났다. 아오이는 일부러 그러는 것처럼 한숨을 쉬더니 휴대폰을 탁 닫았다.

"아까 그 남자야?"

물었더니 까딱 고개를 끄덕인다.

"사귀는 거야?"

"그럴 리가. 방금 전에 만났잖아."

나는 아오이가 손에 든 쇼핑백을 쳐다보았다. 아오이의 쇼핑백이 제일 크다. 코트라도 사 준 걸까? 이제 막 알게 된 사람한테 이런 걸 받아도 돼?

"하지만 뭐, 괜찮은 관계가 될 것 같아. 아직 잘 모르지만."

"연상이니까?"

"그렇지. 애한테는 관심 없거든."

아이한테는 돈이 없다. 하지만 연상의 어른에게는 돈이 있다.

"스미레만 아무것도 없으니까, 위로의 뜻으로 이거 줄게."

유이가 내민 건 립글로스였다.

"뭐야, 이게? 이것도 받은 거야?"

"그런 건 아니지만 받아. 똑같은 게 두 개나 있으니까."

"고마워."

어쨌든 세 사람 다 역에서 날 기다려 줬던 것이다. 립글로스도 줬다. 덕분에 기분이 나아진 나는 세 사람의 뒤를 쫓아 전철 개찰구를 통과했다.

기초화장품은 파운데이션, 파우더, 화장은 눈이 가장 중요하기 때문에 아이라이너, 아이섀도, 속눈썹 뷰러, 마스카라, 아이브로우는 꼭 필요하다. 인조속눈썹도 언제 한번 붙여 봐야지. 그리고 볼터치. 통통한 입술을 위해 립글로스….

화장품만 해도 이렇게나 많이 필요하다. 게다가 새 옷도 사야 한다. 벌써 11월이니 두터운 재킷을 사고 싶은데, 그럴 돈이 없다. 만약 방과 후에도 교복을 필수 착용해야 한다는 법안이 나온다면, 지금 같아선 찬성표를 던질 것 같다.

또 자리가 바뀌었다. 내 옆에 앉아 있던 타쿠는 멀리 떨어진 자리로 가 버렸다. 하지만 준은 여전히 옆자리다. 왼쪽이던 준의 자리가 오른쪽 자리, 즉 타쿠가 앉던 곳으로 바뀌긴 했지만.

하라주쿠 사건 이후, 우리는 가벼운 인사 정도는 나누는 사이가 되었다. "안녕", "잘 가"뿐이지만 예전에 비하면 대단한 발전이다.

광물 책만 읽는 애라서 돌처럼 딱딱할 것 같지만, 가끔 보이는 미소는 의외로 상큼하다. 이런 표정을 좀 더 자주 지으면 좋을 텐데. 그래도 잡담을 나눌 정도로 친하진 않다. 하라주쿠 때는 특수 상황이었고, 평소에는 이렇다 할 접점이 없다.

그런데 공교롭게도 대화할 기회는 또 찾아왔다.

계기를 만든 건 아오이 일행이었다. 우리 일당은 늘 아오이 자리에서 모였는데, 그날은 웬일로 다들 내 자리에 모였다.

"스미레, 눈 화장법 바꿨구나?"

맨 먼저 말을 꺼낸 건 유이였다.

"별로 잘 된 것 같진 않네."

아오이의 말에 나는 우울해졌다. 나도 안다. 내가 아직 화장을 잘 못한다는 걸.

"내가 해 줄게."

뭐? 놀란 나는 우리 학년에서 제일 예쁜 여자애의 얼굴을 쳐다보았다. 아오이가 화장을 해 준다고?

"그래, 해 달라 그래."

이번에는 카나에가 말했다. 그야 물론 대환영이다.

"지금 눈 화장은 뭐랄까, 하다가 만 것 같아."

어느새 화장품 파우치를 꺼낸 아오이가 기름종이로 내 눈 주위의 화장을 솜씨 좋게 지웠다.

"요샌 처진 눈 만들기가 유행이잖니."

그건 알고 있지만, 사실 난 처진 눈이 콤플렉스다. 졸린 눈 같다고 얘기하는 사람들이 많았기 때문이다.

아오이는 아이섀도를 꺼내들더니 눈 주위에 칠하기 시작했다. 저기, 좋긴 한데 좀 부드럽게 해 주지 않을래?

정신을 차려 보니 반 전체가 우리를 쳐다보고 있었다. 아오이는 전혀 신경 쓰지 않고 화장에 열중했지만, 난 부끄러웠다. 아이들한테 이런 식으로 주목을 받는 건 거북하다.

섀도를 몇 종류나 발라 밑바탕을 메운 후, 드디어 아이라인 작업에 들어갔다. "으음~" 하면서 고민하던 아오이가 고개를 기울이면서 펜슬을 움직였다. 눈 끝 언저리를 거칠고 둥글둥글하게 칠하는 손놀림이 느껴졌다.

카나에가 갑자기 풋 하고 웃음을 터뜨렸다. 아오이가 카나에의 옆구리를 팔꿈치로 찔렀지만, 자기도 쓴웃음을 짓고 있었다. 그러고 보니 반 아이들도 히죽히죽 웃고 있다. 특히 여자애들이 그랬다.

"음~. 뭐 이게 유행이니까. 마스카라 바르고 속눈썹 붙이면 괜찮을 거야."

아오이는 독백하듯이 중얼거리더니 롱 마스카라로 내 속눈썹을 올렸다. 그 위에 아직 한 번도 해 본 적 없는 인조속눈썹을 붙이려는 모양이다. 속눈썹이 엄청 길어 보이겠다. 빨리 거울을 보고 싶었다.

"이제 조금만 더 하면 되니까 그 다음에 봐. 아직은 안 돼."

넵. 여왕님 말씀에 따르겠습니다.

종이 울렸다. '아오이, 이제 쉬는 시간 끝났어. 빨리 안 하면 선생님이 올 거야.' 다음 시간은 내가 제일 싫어하는 나카니시 선생님의 수학이다. 1학기 때 그 사람 때문에 끔찍한 꼴을 당할 뻔한 걸 생각하면 소름이 돋는다.

"오케이, 이제 됐어. 거울 봐도 돼. 그럼 우린 간다."

여기저기서 웃음소리가 새어 나왔다. 멀어지는 카나에와 유이의 뒷모습이 조그맣게 떨리고 있었다. 나를 돌아보다가 허둥지둥 시선을 피한다. 아오이는 그런 두 사람을 나무라고 있었다.

뭐야? 도대체 뭐지?

"그거 빨리 지워. 화장실 가서 지우고 와. 나카시니 선생님한테는 몸 상태가 안 좋아서 양호실 갔다고 얘기할 테니까."

바위처럼 입을 다물고 지내는 준이 갑자기 말을 꺼냈다. 지금 반에서 웃지 않고 있는 건 준밖에 없는 것 같다. 건너편에 앉아 있는 타쿠도, 촐랑이 유타도, 다른 남자와 여자들도 모두 입 끝을 뒤틀고 있었다. 이 세상에 존재하는 모든 것을 배척하면서 항상 돌부처처럼 구는 마이카조차 눈을 가늘게 휜 채 히죽거리고 있었다.

허둥지둥 손거울을 꺼내 얼굴을 보았다.

거기에 비친 얼굴은… 팬더였다.

눈 끝에 진하게 칠한 아이라인 때문에, 안 그래도 처진 눈이 완전히 늘어져 보였다. 그 위에 붙인 속눈썹은 반대로 하늘을 찌를 듯이 위세 좋게 치솟아 있었다. 전혀 어울리지 않는 두 개의 대비가 너무나도 우스워 보였다.

싫다.

유행인지 뭔지 모르겠지만, 이런 화장은 정말 끔찍하다. 너무해, 아오이!

자리에서 일어서려는데 나카니시 선생님이 들어왔다.

"차렷"이라고 외친 건 다른 사람도 아니고 바로 아오이였다. 아오이가 오늘의 당번이었던 것이다. 인사를 마치고 앉은 순간, 팬더 화장으로 뒤범벅이 된 내 얼굴을 발견한 선생님은 무례하게도 나를 뚫어져라 쳐다보았다. 그 시선과 마주치고 싶지 않았던 나는 바로 고개를 숙였다.

"모두들 알겠지만, 우리 학교는 자유로운 면학 분위기를 기본 방침으로 삼고 있다."

수업을 시작하려는 줄 알았건만, 나카니시 선생님은 갑자기 이런 말을 꺼냈다.

"그래서 남학생들의 교복 착용 상태나 여학생의 머리 모양에 대해 선생님들이 일일이 지적하진 않는다. 학생의 자율성에 맡기기 때문이다."

나는 속으로 '그냥 의욕이 없는 거잖아'라고 일침을 놓았다.

"그러나 그것은 어떤 몰골로 등교하든 일체 상관하지 않겠다는 얘기가 아니다. 중학생에 어울리지 않는 몸가짐을 한 녀석이 있다면 당연히 지적한다. 학교는 유흥가가 아니니까."

여기저기서 웃음소리가 흘러나왔다. 반 아이들 대부분이 나를 쳐다보고 있었다.

"스미레. 화장실에 가서 화장 지우고 와라."

화장품 파우치를 들고 일어섰다. 여기저기서 날아드는 호기심에 찬 시선들을 마음속 방패로 튕겨 내면서 서둘러 교실을 나왔다.

화장실에 들어가자마자 클렌징크림을 얼굴에 처바르고 철벅거리며 얼굴을 씻어 냈다. 아, 인조속눈썹 떼는 걸 깜빡했다. 어쩔 수 없다. 시커먼 물이 소용돌이치면서 배수구로 빨려 들어갔다.

이제 끝났나 싶어서 거울을 봤더니 눈 끝에 아이라인 자국이 남아 있어서 눈에서 계속 시커먼 물이 흘렀다. 제대로 떡칠을 해 놓은 모양이다. 그런데 왠지 아주 조금 물이 미지근해진 것 같은 느낌이 들었다. 이런, 나 울고 있는 건가?

고개를 들었더니 뜨거운 열기가 볼을 스쳤다. 콧속도 근질거렸다. 화장은 다 지워졌지만 다시 얼굴을 씻었다. 이런 일로 눈물씩이나 흘리고 싶지 않았다.

다음 쉬는 시간에 아오이 일행이 또 내 자리로 왔다.

"미안해, 스미레. 화장이 너무 화려했지?"

아오이가 사과하자 반사적으로 "아냐, 괜찮아"라고 대답했다.

"그래도 그게 올해 유행이야."

카나에가 말했다. 그러고 보니 시가지에 나갔을 때 카나에도 비숫한 화장을 하고 있었다. 얘도 처진 눈이지만, 그때의 화장은 나랑 다르게 어울렸다.

"그래. 그래도 너무 많이 발랐어."

아오이가 말하자 유이가 대답했다.

"섀도를 몇 가지나 발랐는데도 정리가 안 되는 얼굴이었잖아. 하다가 관뒀으면 더 웃겼을 거야."

그럴지도 모른다. 하지만 그런 사실을 대놓고 말하는 유이가 심술 맞아 보였다. 아오이는 "그렇긴 하지만…" 하면서 쓴웃음을 지었다. 겨우 아오이를 용서해 줄 마음이 드는 참이었는데, 다시 회의적인 기분이 들었다. 그러고 보니 아까 화장할 때 아오이도 웃고 있었지.

"그 화장법은 방과 후 전용이야. 그러니까 교실에서는 안 어울린 거야. 너무 화려하기도 하고."

"아냐, 그림 고치는 거랑 똑같은 거야. 고쳐야 할 부분에 물감을 자꾸 덧칠하게 되는 거지."

"바보. 그건 위로가 안 되잖아."

"미안해, 스미레. 하지만 네가 화장을 잘 못하니까 아오이가 해 주려고 한 거잖아. 네가 네 얼굴에 어울리는 화장법을 알고 있었으면 이렇게는 안 됐을 텐데."

"그래, 맞아. 오늘의 교훈은 그거네. 빨리 자기한테 어울리는 스타일을 확립할 것!"

"그러게. 나도 스미레를 응원하는 뜻에서 도와준 건데, 결과가 따라주지 않아서 안타까워."

"아오이가 기죽을 필요는 없어."

"그래. 아오이는 잘못한 거 없어. 얘가 제대로 화장을 하지 못하면 같이 있는 우리도 창피하잖아."

세 사람은 나름 그 자리의 주인공인 나를 쏙 뺀 채 자기들끼리 떠들고 있었다.

그날 밤, 침대 위에서 구르면서 낮에 있었던 일을 여러모로 생각해 봤다.

'아오이가 화장을 해 주려고 했던 건 친절한 마음에서 비롯된 거겠지. 나를 피에로로 만들어서 비웃으려고 한 게 아니야. 그건 잘 알겠어. 하지만 그 애는 해 주려 했던 화장법이 나한테 전혀 어울리지 않는다는 사실을 도중에 알았어. 그래도 패션의 프로라는 자존심이 있어서 도중에 그만두긴 싫었던 거야. 그 때문에 어깨에 더 힘이 들어갔고, 결국 그런 꼴이 된 거지. 내 얼굴이라는 캔버스에 색을 칠하면 칠할수록 이상하게 되는 걸 보면서 아오이는 웃어 버렸던 거야. 그러니까 나도 책임을 피할 순 없어.'

여기까지 생각한 나는 몸을 뒤집었다.

난 역시 사람이 좋은 건가? 그렇게 모두들 앞에서 비웃음거리가 되었건만. 타쿠까지 웃고 있어서 충격받았잖아. 아오이도 웃었고.

나는 분명 노력하고 있다. 하지만 아무리 노력해도 닿지 않는 높이라는 것도 있는 법이다. 나는 그 높이에 겁도 없이 도전하는, 주제 파악을 못하는 여자인 걸까? 고생 끝에 겨우 얻은 아오이 그룹 등록증인데, 이제 어떻게 해야 할지 모르겠다. 솔직히 말해서 좀 지친다.

그때 갑자기 준의 얼굴이 뇌리를 스쳤다. 걔도 의외로 말을 잘하는구나. 그렇다기보다, 쓸데없는 이야기는 빼고 필요한 것만 말하는 게 신조인지도 모르겠다. 다른 애들이랑은 반대다. 다들 중요할 때는 웃기나 하고 뭐가 잘못됐는지 확실히 말해 주질 않는다.

그건 그렇고, 자리를 바꿨는데도 또 가까운 자리에 앉게 되다니 무슨 조화지?

하지만 그 애가 가까이 있어서 진심으로 다행이라고 생각했다.

내가 정말 아오이 그룹과 잘 맞는 건지 고민하기
시작할 무렵, 사건이 일어났다. 사건이라고 하면 오버일까? 첫 충
격이라고 말하는 게 정확할 것 같다.

　12월에 들어선 어느 날, 방과 후였다. 집에 돌아와 국어 숙제를
하려고 가방을 열었는데 교과서가 없었다. 학교에 놓고 온 모양이
었다. 시계를 보니 벌써 5시가 다 됐다. 아직 선생님들이 학교에
남아 있을 테니 교실에 들어갈 수는 있다.

　내일 내야 하는 숙제다. 그나마 잘하는 과목인지라 숙제를 빼먹
고 싶지 않았다. 다른 과목들은 이미 돌이킬 수 없을 만큼 엉망이
었기 때문이다.

　나는 웃옷을 걸치고 집을 나섰다. 겨울이라 그런지 해가 빨리 진
다. 주변은 이미 어둑어둑했다. 어딘가에서 개 한 마리가 끙끙거
리며 외로운 듯 울었다. 올해도 이제 한 달밖에 안 남았다. 정말 일

년이 가는 게 빠르다. 내년이면 이제 중3이다. 큰일이다. 점점 나이만 먹고 있으니.

12월의 차가운 바람에 나도 모르게 몸을 떨었다. 빨리 교과서를 가져와 숙제하고 씻고 자자.

학교에 도착하니 계단과 복도에 불이 켜져 있었다. 하지만 사람의 기척은 없었다. 운동장에도 아무도 없었다. 특별 활동을 하는 아이들도 이미 돌아간 모양이었다. 아무도 없는 학교에 오는 건 처음이었다. 조용히 숨어든 복도는 꽤 으스스했다. 늘 시끄럽던 곳이 소리 하나 나지 않으니 이상했다.

갑자기 학교 괴담이 떠오르는 바람에 등골에 냉기가 스쳤다. 수영장에서 빠져 죽은 소년이나, 옥상에서 뛰어내려 자살한 소녀의 귀신이 텅 빈 학교를 배회한다는 식의 괴담들이다.

바보 같기는. 귀신 같은 게 나올 리 없잖아. 아직 6시도 안 됐다고! 그렇게 자신을 다그친 나는 2층 교실로 가려고 계단을 올랐다.

복도뿐만 아니라 교실마다 전부 불이 켜져 있었다. 밤에는 원래 이런가? 전기가 아까우니까 끄는 게 낫겠다는 생각 따윈 들지 않았다. 아무래도 불이 켜져 있는 쪽이 마음이 놓이니까.

그런데 우리 반, 2학년 1반만 불이 꺼져 있었다. 복도 불빛과 창밖의 달빛, 건물 밖 다른 집에서 흘러나오는 빛 덕분에 교실 안이 안 보일 정도는 아니었다. 그래도 어두운 건 싫으니까 불을 켜려고 교실로 들어갔다.

그때 사람 그림자 같은 게 보였다. 반사적으로 몸을 숨겼다. 잘 살펴보니 두 명이었다. 둘은 창가에 붙어서 바깥 풍경을 보고 있었다. 남녀 커플이다. 이런 시간에, 이런 곳에서 데이트를 하는 건가?

두 사람 다 내가 있다는 걸 눈치채지 못한 모양이었다. 완전히 자기네들 세계에 빠져 있는 분위기였다. 우리 반에 저런 커플이 있었던가?

어쩌지? 교과서를 꺼내야 하는데. 방해하고 싶은 맘은 없었다. 교과서만 꺼내면 바로 돌아갈 작정이다. 하지만 저 두 사람은 분명히 누구의 방해도 받고 싶지 않겠지. 두 사람만 있었다는 게 들키면 반에서 난리가 날 테니까. 하지만 난 그렇게 떠벌리는 타입 아니야. 믿어 달라고!

아니 그 전에, 너희들 도대체 누구야? 왜 여기 숨어서 소곤거리면서 놀고 있는 거야? 생각해 보니 열이 좀 받는다.

복도 그늘 속에서 교실 안을 들여다보고 있는 사이, 눈이 점점 어둠에 익숙해졌다. 그리고 보이기 시작했다. 남자애의 머리스타일이 낯익었다. 저건 설마….

호소카와 타쿠지! 타쿠잖아!

타쿠의 어깨에 머리를 기대고 있는 여자애의 옆얼굴이 보인 순간, 숨이 막혔다.

…아오이다.

갑자기 새하얀 사막 한가운데에 혼자 내버려진 듯했다. 아무것도 보이지 않고 느낄 수 없는, 한없이 펼쳐진 모래밭.

　나는 등을 돌렸다. 도망치듯 복도를 달렸다. 계단을 내려와 출구를 빠져나온 뒤에도 뇌 기능은 회복되지 않았다. 조금 전에 본 광경조차 가물가물할 만큼.

　대형 트럭이 빵빵거리면서 내 바로 앞을 스쳐 지나갔다. 그제야 겨우 정신이 돌아왔다. 이제까지 몽유병 환자처럼 정신없이 걷고 있었던 모양이다.

　타쿠, 그리고 아오이?

　거짓말이야. 절대로 있을 수 없는 일이야!

　하지만 그 목덜미는 타쿠의 것임에 틀림없었다. 그 아이의 목선이 아름답다고 생각하면서 자주 쳐다봤기 때문에 확신할 수 있었다. 그리고 타쿠를 올려다보고 있던 가지런한 옆얼굴은 틀림없는 아오이였다. 엷은 암흑 속에서도 그 애의 아름다움은 눈에 띄었다.

　반에서 제일가는 미소녀와 반에서 제일가는 미남.

　어울린다고 보면 그럴 수도 있겠지만, 너무나도 안이한 조합에 왠지 거부감이 치밀어 올랐다. 미남은 결국 미녀를 좋아하게 된다는 걸 알고는 있었지만, 평범한 여자애의 꿈을 대놓고 때려 부수진 말았으면 좋겠다.

　아오이, 또래에는 관심 없다며! 거짓말이었어? 얼마 전부터 부자 남친이랑 사귄다고 그랬잖아! 양다리라니, 그런 건 나빠!

　새하얗게 변했던 머리가 정상으로 돌아오자 치밀어 오르는 건

실망과 분노였다. 이렇게까지 화가 나는 건 역시 내가 타쿠를 좋아했기 때문일까?

그래, 이제 솔직히 말한다. 난 그 애를 좋아했다. 싹싹하고 여자한테 상냥하니까. 하지만 이제 타쿠를 그리는 건 그만둘 거다. 타쿠가 아오이의 남친이라서 포기하는 게 아니다. 역시 꿈이었던 거다. 처음부터 무리라는 걸 알고 있었으면서도, 혹시나 하는 희망을 품고 있었던 거다. 난 그걸 산산조각으로 부숴 버리는 장면과 맞닥뜨린 거다. 그러니 이제 확실히 접을 테다. 두 사람은 무척 행복해 보였으니까.

타쿠는 그렇다 치고 아오이는 정말 행복한 걸까? 남친이 두 명이라니. 물론 타쿠랑 놀고 있으면 즐겁겠지만….

잠깐만.

그렇다면 타쿠가 아오이한테 속고 있는 거 아니야? 역시 타쿠한테 말해 주는 게 좋지 않을까?

나는 고개를 저었다.

나랑 상관없잖아. 고자질은 좋지 않아. 질투하는 거냐고 의심받을 거야.

하지만 타쿠를 남자로서만이 아니라 인간으로서 좋아한다면 사실을 말해' 줘야 한다. 말해 두는데, 타쿠가 날 돌아봐 줬으면 하는 마음에서 이러는 게 아니다. 아오이랑 사귀지 말고 나를 보라는 뜻이 담겨 있는 게 아니란 말이다.

아니, 역시 그걸 노리는 걸까? 아아, 모르겠다. 하나님, 도대체 어떻게 해야 되나요?

눈앞에 있던 나무가 갑자기 흔들렸다. 머리를 식히라는 뜻일지도 모르겠다. 몸을 부르르 떨면서 서둘러 집으로 향했다.

그날 밤, 난 한 숨도 자지 못했다.

아오이에게 확인할 필요가 있었기 때문에 일단은 유예기간을 두었다.

그런 장면을 목격한 바로 다음 날에 '네 남친은 도대체 누구야?'라고 물었다간 내가 보고 있었다는 게 들킬 것이다. 아오이는 내가 있었다는 걸 전혀 눈치채지 못했다. 두 사람은 자기들만의 세계에 빠져서 주위가 하나도 보이지 않았을 테니까.

유이가 결석하고 카나에가 학교 모임에 불려 간 어느 날 오후였다. 마음을 굳힌 나는 아오이에게 캐묻기 시작했다.

"남친? 아~ 그때 하라주쿠에서 데이트했던 그 남자? 응. 계속 사귀고 있어."

아오이는 태연하게 말했다. 역시! 아오이, 양다리는 나쁜 짓이야.

하지만 그걸 말할 용기 따윈 당연히 없었다. 어쨌든 그 하라주쿠 남자를 얼마나 좋아하는 건지 확인하기로 했다.

"사랑하냐고? 너무 거창한데? 그냥 남친이야, 남친."

"하지만 이대로 잘 되면 결혼할지도 모르잖아?"

아오이가 웃음을 터뜨렸다.

"결혼? 스미레, 우린 아직 중2야. 결혼 따윈 스물다섯 살은 지나야 생각하는 거잖아. 그때까진 신나게 놀면서 여러 남자랑 사귀어보고 싶어."

"여러 남자랑 사귄다고? 그럼, 지금도 여러 남자랑 사귀고 있는거야? 하라주쿠 남친 말고도 있어?"

아오이의 뺨이 갑자기 파르르 떨렸다.

"음… 없는 건 아니지만…. 연애라는 건 갑자기 시작되는 거니까."

실토하셨군. 동갑 따윈 관심 없다고 말한 주제에, 갑자기 연애가 시작되셨나?

"누구야?"

내가 좀 무서운 눈으로 쳐다본 걸지도 모르겠다. 꿈꾸는 듯한 얼굴이던 아오이의 눈이 순식간에 험악하게 변했다.

"그런 게 왜 궁금한데?"

"아니, 딱히 이유는…."

나는 눈을 돌렸다.

"요즘 만나는 사람이 있어. 그 사람이 예전부터 날 좋아해 왔다는 것도 알고. 하지만 별로 관심이 없어서 상대 안 했지. 그런데 느닷없이 그런 분위기가 되더라고."

"그 새 남친과 하라주쿠 남친 중에 누가 더 좋아?"

"양쪽 다 소중해. 누가 더 좋다는 그런 거 없어. 두 사람은 완전다른 타입이거든."

"그럼 같은 날 같은 시간에 두 사람이 데이트 신청을 하면 어느 쪽을 선택할 거야?"

"글쎄? 그날 기분에 따라 다르겠지."

나는 조그맣게 한숨을 쉬었다. 그게 아오이의 심기를 건드린 모양이었다.

"뭐야, 그건? 왜 한숨을 쉬는 건데?"

"미안해."

바로 사과했지만 아오이는 용서해 주지 않았다.

"도대체 아까부터 뭐야? 남의 연애사를 꼬치꼬치 캐물질 않나. 난 남자를 꾀고 다니는 게 아니야. 항상 상대방이 나한테 먼저 들러붙는다고. 사귀자는 사람이 얼마나 많은지 알아? 일일이 거절하는 것만 해도 피곤하다고."

안다. 얘는 예쁘고 붙임성도 있으니까 엄청나게 많은 남자들이 말을 걸어온다. 수많은 유혹이 다가오는 데다 아직 어리니까 남친이 여러 명 있다 해도 신기한 일은 아니다.

그렇지만….

아니, 그만두자. 사람은 다 제각각이니까. 남의 사생활에 이러쿵저러쿵 입방아를 찧을 필요는 없다.

다음 날, 불쑥 타쿠가 내 자리로 왔다.

"잘 지내?"

타쿠는 내 책상에 털썩 앉으면서 물었다.

"응."

왠지 가슴이 두근거렸다.

"자리가 바뀐 뒤로 얘길 못 했네. 그 헤어스타일 잘 어울려."

"고마워."

아아, 타쿠. 제발 나한테 상냥하게 대하지 말아 줘.

"요전에는 나카니시가 심했지? 그 사람이 좀 그래."

팬더 화장 소동이 생각나자 얼굴이 불이 난 것처럼 뜨거워졌다.

하지만 너도 날 보고 웃었잖아. 나 좀 상처받았어.

"학교에서 절대로 해선 안 되는 화장이라는 생각은 안 들었는데,
화장실에 가서 지우고 오라니, 횡포야."

"그래도 역시 좀 화려했어. 나한테 어울리지도 않았고."

타쿠는 콧등을 스윽 문질렀다.

"그래. 뭐, 화장해 준 녀석이 일부러 그런 건 아니니까."

그렇겠지. 타쿠는 당연히 자기 여친을 감싸고 돌겠지.

이때 내가 꺼낸 말에 심술궂은 의도가 전혀 없었다 맹세할 수 있
냐고 추궁한다면, 대답할 수 없을 것 같다.

"걔랑은 잘 돼 가?"

미끼를 던졌더니 타쿠는 내가 부끄러울 정도로 헤벌쭉한 표정을
지었다.

"이런, 위험한데. 티 나?"

티가 나진 않는다. 하지만 내가 아오이 그룹이니까 당연히 알 거

라고 생각하겠지.

"티 나다니 뭐가?"

"그거 말야, 그거. 더 이상 말하게 만들지 말라고."

녹아내린 버터처럼 흐물거리는 타쿠의 얼굴을 보니 더 화가 치밀었다.

"미안. 무슨 소린지 모르겠어."

"뭐야, 네가 먼저 물었잖아. 여친 얘기."

"여친? 누구?"

"네가 먼저 말했잖아. 네가 항상 같이 다니는 그룹에서 제일 눈에 띄는 애."

"아오이? 난 그냥 일반적인 의미에서 잘 지내냐고 물은 건데? 아오이한텐 남친 있잖아."

"응, 있지 물론."

타쿠의 얼굴은 변함없이 헤실헤실거렸다. 역시 이 녀석 눈치 못 챘구먼.

"그래. 하라주쿠에서 만난 남친. N대학 법대생인데, 변호사가 될 거래. 가정교사 알바를 많이 뛰어서 돈도 많아. 아오이한테 선물도 많이 해 주더라. 키도 크고 스타일도 좋아서 변호사보단 연예인 같아 보여. 아오이가 그 사람한테 헌팅당할 때 같이 있어서 잘 알아."

헤실대는 표정의 여운을 남긴 채 울상이 되었다고 하면 그림이 그려지는가? 지금 타쿠의 얼굴이 딱 그렇다. 입은 바보처럼 벌어져

경직되어 있고, 웃으려다 경련을 일으킨 눈꺼풀은 굉장히 애처로
웠다.

하지만 나는 사실을 말한 것뿐이다. 행복 모드에 잠겨 있는 타쿠
가 더 깊이 빠져들어서 돌이킬 수 없기 전에 진실을 아는 게 낫다
고 생각했으니까.

"그렇구나…."

"응. 그렇더라고."

타쿠의 일그러진 얼굴을 더 이상 볼 수가 없었던 나는 교과서를
꺼내 자습하는 척했다.

아오이가 그런 내 모습을 교실 너머에서 응시하고 있다는 건 진
작부터 알고 있었다.

이것으로 타쿠와의 관계는 완전히 끝났다고 생각
했다. 누가 뭐라고 비난하든, 나는 아오이에게서 타쿠를 빼앗기 위
해 그 얘기를 한 게 아니다. 속고 있는 타쿠가 너무 불쌍해서 사실
을 알려 줬을 뿐이다. 그러니 이제는 타쿠가 날 원한다 해도 절대
사귈 수 없다.

하긴 타쿠가 날 원할 리 없지.

안녕, 타쿠.

맘속에서 이별을 고했더니 뜨거운 것이 치밀어 올라왔다. 나는
방에 틀어박혀서 침대 위에 몸을 던진 채 울었다. 그냥 혼자 들떴
던 것에 지나지 않았을지도 모르지만, 내 첫사랑에 종지부를 찍기
위해서는 이렇게 울고불고라도 해야만 했다.

퉁퉁 부은 눈으로 등교한 날부터 아오이의 태도가 쌀쌀맞아졌
다. 나는 변함없이 세 사람이 몰려 있는 자리에 갔지만, 왠지 맨 처

음으로 돌아간 것처럼 아오이는 나를 무시했다. 역시 타쿠한테 다 털어놓은 게 들킨 걸까?

이 그룹에서 버림받는 건 두려웠다. 필사적으로 모르는 척하면서 들러붙는 나날이 계속되었다. 그러고 있는 새에 크리스마스가 지나고 겨울방학이 되었다.

겨울방학은 집에서 얌전히 보냈다. 셋 중 누구한테서도 연락이 오지 않았다. 내가 먼저 연락할 맘도 나지 않았다.

섣달그믐날에 방송하는 가요 홍백전을 함께 보고, 새해 음식도 같이 먹다 보니 엄마 아빠와의 관계도 대충 회복됐다. 아침부터 술을 마시던 아빠가 내 새해 목표를 묻기에, 성적을 좀 더 올리는 것이라는 둥 모범적으로 대답했다.

겨울방학이 끝나고 중학교 2학년이 얼마 남지 않은 어느 날, 결정적인 사건이 터졌다.

사실 난 어렴풋이 짐작하고 있었다. 하지만 확실히 입 밖에 낼 용기는 없었다. 말했다가는 아오이 그룹에서 영원히 쫓겨날 테니까.

무슨 소리냐면 갸웃남 사이토에게 휘둘리다 다른 애들한테 따돌림을 당한 그날, 하라주쿠 역에서 유이가 립글로스를 줬을 때 감이 왔다. 남자한테서 선물받은 게 아니라고 했지만, 그렇다고 유이가 직접 산 것도 아니라는 걸.

그럼 이제부터 사건 개요를 설명하겠다.

"스미레, 우리 르미에르 간다."

어느 날 수업을 마치고 유이가 말을 걸었다. 르미에르는 작년 역 앞에 생긴 패션 빌딩인데, 젊은이들 취향의 옷이나 화장품을 파는 가게가 잔뜩 늘어서 있는 곳이다.

"너, 쓸데없는 소릴 했지?"

우리 앞을 걸어가는 아오이와 카나에를 곁눈질하면서 유이가 내 게 속삭였다.

"쓸데없는 소리?"

"안 숨겨도 돼. 아오이가 대학생이랑 사귄다는 얘길 반 아이들한 테 한 거지?"

"아아~ 응."

최대한 '그게 뭐 어디가 어때서?'라는 태도를 취하면서 대답했다.

"안 되지, 그러면."

"왜? 비밀이야?"

"비밀은 아니지만 상관없는 사람한테까지 떠들 일도 아니잖아. 요 수다쟁이!"

나는 볼을 부풀리면서 입을 다물었다.

"아오이가 화나 있으니까 기분 풀어 주라고."

"어떻게 해야 기분이 풀어지는데?"

"방법은 많잖아. 내가 가르쳐 줄게."

왠지 불길한 예감이 들었다. 그게 적중했다는 사실은 나중에 알 게 되었다.

르미에르는 무척 붐볐다. 사람이 너무 많아서 집에 가고 싶었지만, 유이는 마침 잘됐다면서 내 팔을 끌어당겼다. 우리는 화장품 가게 안으로 파고 들어갔다. 아오이와 카나에는 이미 가게 안에 있었다.

"아오이가 요새 갖고 싶어 하는 건 캔디돌 립 컨실러랑 MAC 립글로스야."

가게 안을 한번 돌아본 유이는 CCTV의 위치를 확인하고 약간 고개를 숙이더니, 마스카라를 진열한 선반 앞에 서서 주변 상황을 살폈다. 손님은 많았지만 우리 주변에는 사람이 없었다. CCTV 세 대는 모두 다른 방향을 비추고 있었다.

"주변을 잘 보고 날 가리는 거야. 누가 오면 발로 날 차."

이제 유이가 뭘 하려는지 명백해졌다. 하라주쿠 역에서 받은 립글로스가 훔친 물건이라는 사실은 대충 짐작하고 있었다. 유이가 슬쩍한 거다. 그래서 나는 그 립글로스를 써도 될지 늘 망설였다.

"멍하니 있지 말고! 망 좀 제대로 봐."

작지만 날이 선 유이의 목소리를 듣고 등을 쭉 폈다. 단 1초 만에 유이는 엷은 미소를 띠면서 선반을 떠났다.

"간단하지?"

벌써 볼일이 끝난 모양이다. 유이가 물건을 찾는 척하면서 다른 선반으로 가기에 나도 그 뒤를 따랐다.

"자, 이제 네 차례야."

뭐?

"저쪽 장이 캔디돌 브랜드야. 간다."

유이는 뭐라고 반박할 틈도 안 주고 빠르게 걸어갔다.

"CCTV는 이쪽을 안 보고 있어. 긴장한 것처럼 보이면 안 돼. 여유 있게 재빨리 움직이는 거야."

어려운 주문을 내놓은 유이는 이미 가게 모퉁이를 돌아가고 있었다. 나는 허둥지둥 그 뒤를 쫓았다. 유이가 립스틱들이 놓여 있는 선반 앞에 멈춰 서더니 주변을 살폈다. 어쩔 수 없이 그 옆에 섰다.

"옆에 사람 있지? 쟤가 없어지면 하는 거야. 괜찮아, 내가 망 봐줄게. 걱정할 거 없어. 안 들켜."

나는 캔디돌 립스틱을 뚫어져라 쳐다보았다. 손을 뻗으면 금방 잡을 수 있는 거리다. 잡아서 코트 주머니에 넣으면 아무한테도 안 들킨다. 은행 강도와는 다르다. 백만 엔짜리 다이아몬드를 도둑질하는 것도 아니다. 립글로스 하나를 훔치는 것 정도야 사소한 일이다. 아마 다른 아이들도 많이 할 것이다. 중학생은 돈이 없으니까.

'뭐하는 거야, 빨리 해!' 하는 눈으로 유이가 내 옆얼굴을 쏘아보았다. 옆에 있던 여자애는 이미 어딘가로 가고 없었다.

하지만….

아오이네 일행으로부터 따돌림당하지 않으려고 여러모로 노력했다. 패션도 공부하고 머리도 물들이고 담배도 피우고 술도 마셨다. 헌팅을 당해도 도망치지 않고 어른처럼 굴었다.

문득 눈을 들어 보니 건너편 선반 앞에 아오이가 보였다. 아오이를 감싸듯이 카나에가 옆에 서 있었다. 아오이는 선반에 놓인 작은 파운데이션을 집어들더니 아무렇지도 않게 코트 주머니 속에 집어넣었다.

하지만, 하지만, 하지만⋯. 도둑질은 안 돼!

나는 유이에게서 떨어져 아오이한테로 갔다. 아오이가 놀란 얼굴로 나를 돌아보았다.

아오이. 줄곧 너를 동경해 왔어. 그러니까 이런 짓은 하지 마. 전혀 멋있지 않아. 좀 더 일반 여자애들에게 본보기가 될 만한 일을 해 달라고. 넌 스타잖아.

"그거 선반에 돌려놓자."

아오이의 얼굴을 똑바로 쳐다보면서 조그맣게 말했다.

"도둑질은 안 돼."

갑자기 카나에가 내 팔을 꽉 잡았다.

"무슨 소릴 하는 거야, 애는. 나가자."

카나에가 거칠게 팔을 잡아당겼다. 그 애한테 끌려가듯 나는 가게 밖으로 나왔다. 아오이와 유이가 우리 뒤를 따라왔다.

두 집 건너 빈 가게 앞으로 온 카나에가 겨우 날 놓았다.

"야 이년아, 혼자서 착한 척이냐?"

보통 때의 카나에라면 상상도 할 수 없는 난폭한 말투였다. 등줄기가 떨렸다. 카나에뿐만 아니라 아오이와 유이도 무서운 얼굴로 날 노려 보고 있었다.

"할 맘 없으면 꺼져. 너 따윌 도와주려던 내가 바보지."

유이가 말하자 아오이가 콧방귀를 뀌며 고개를 돌렸다.

"야!"

카나에의 목소리에 모두가 고개를 들었다. 하얀 옷을 입은 남자 두 명이 빠른 발걸음으로 우리를 향해 오고 있었다. 둘 다 화장품 가게의 점원이었다.

훔친 게 들킨 거다.

세 사람이 일제히 달리자, 남자 두 명도 뛰기 시작했다. 한 사람은 아오이의 뒤를 쫓았고, 또 한 사람은 내 겨드랑이를 붙잡았다.

나는 걔들과 같이 도망치지 않았다. 아무것도 하지 않았기 때문이다. 훔치지도 않았고, 오히려 말렸는걸. 하지만 점원은 굉장히 수상하다는 눈초리로 나를 노려보았다.

"이리 와 봐."

싫다고 말해도 데려갈 듯한 기세였다. 나는 순순히 고개를 끄덕였다. 다른 한 명은 결국 아오이네를 잡지 못하고 돌아왔다.

나는 두 남자에게 양 팔을 붙잡힌 채 화장품 가게로 돌아왔다.

그 애들이 일제히 도망칠 때, 순간적으로 코트 주머니가 조금 무거워지는 걸 느꼈다. 하지만 긴박한 상황인지라 그런 사소한 느낌은 금방 머릿속에서 사라져 버렸다. 도망치는 아오이네를 눈으로 쫓으면서 이제부터 어떻게 해야 할지 궁리했다.

나를 가게 안쪽으로 끌고 온 점원들이 소지품 검사를 하고 싶다기에 순순히 응했다. 나는 아무것도 훔치지 않았으니까.

그러나 가방 속의 물건을 책상 위에 엎고 코트 주머니를 뒤져보니, 놀랍게도 그 속에서 작은 파운데이션이 나왔다.

이건 아까 아오이가 훔친 거다. 그럼 아오이가 나를 도둑으로 몰려고 했단 말인가? 아무리 그래두 이건 너무하다.

"이건 뭐야?"

점장처럼 보이는 남자가 무서운 목소리로 나를 다그쳤다.

"넌 아까 훔친 적 없다고 했잖아?"

"안 했어요. 누가 제 주머니에 멋대로 넣은 거예요."

"누가라니? 아까 도망간 네 친구들?"

"…아마도요."

"걔들 이름 뭐야? 같은 학교지?"

입을 열려다 다시 닫았다. 친구를 파는 짓은 하고 싶지 않았다. 하지만 친구라고 생각했던 아오이 때문에 이런 꼴을 당하고 있는 것도 사실이다.

"잘 몰라요. 여기서 우연히 알게 된 애들이라…."

"거짓말하지 마. 너희들이 사이좋게 가게에 들어오는 거 똑똑히 봤어. 그리고 넷 다 똑같은 교복이잖아."

또 다른 남자 점원이 눈썹을 추켜세웠다.

"친구를 감싸고 싶은 맘은 알겠어. 아니 그보다는, 보복이 무서운 거지?"

보복 따윈 무섭지 않다. 아오이네가 도둑질을 그만두게 하려면 여기서 확실히 고발하는 게 낫다는 것도 안다. 하지만….

"그 애들이 널 도둑으로 몰았다는 거지? 그럼 진짜 도둑이 누군지 말해. 계속 입 다물고 있으면 네가 거짓말하는 거야. 너도 공범이라고 봐도 할 말 없는 거지?"

"저는 도둑질 안 했어요. 그 애들한테도 하지 말라고 했고요."

"지금 막 알게 된 애들한테 그런 말을 해? 아는 애들이잖아. 누구야? 빨리 말해!"

말 대신 눈물이 나왔다. 어떡해야 좋을지 몰랐기 때문이다. 이윽고 멋대로 눈물샘이 붕괴했다. 두 남자가 서로 마주보더니 커다랗게 한숨을 쉬었다.

잠시 훌쩍거리며 울다가 고개를 들었더니 남자 점원 대신 여자 점원이 옆에 서 있었다. 십대 후반 정도로 보이는 예쁜 언니였다. 알바생일까?

"이제 좀 진정됐니?"

언니가 티슈통을 건넸다. 두세 장 뽑아서 크게 코를 풀었다.

"생각지도 못하게 일이 커진 모양이구나. 너도 피해자인데 심문하듯이 대해서 미안해. 하지만 가게 사정도 이해해 줬으면 좋겠어."

그 언니는 정면에 앉더니 쭈그린 내 얼굴을 슬쩍 들여다보았다.

이 가게에서는 매주 절도 사건이 일어난다고 한다. 한번은 열 명 정도 되는 애들이 단체로 물건을 훔쳐 간 적도 있단다. 그 때문에 무시할 수 없는 손해를 입고 있다. 어린아이들도 물건을 살 수 있도록 싼 가격으로 팔고 있는데, 그걸 훔쳐 가다니 납득이 안 가는 노릇이라고 언니가 말했다.

"이렇게 싼값에 물건을 파는 건 가게로서도 위험을 감수하는 일이야. 그런데 은혜를 원수로 갚는 상황만 일어나니까 점장님이 화가 머리끝까지 났어. 이대로 가면 어린 친구들을 위한 화장품은 안 팔지도 몰라. 우리 가게는 물건도 많고 위치도 좋아서 어린애들이 많이 와. 대부분 다 착한 애들인데, 훔쳐 가는 일부 아이들 때문에 판매가 안 되는 건 너무 안타깝잖아. 나도 일단 젊은 애에 속하니까 같은 세대로서 말하겠는데, 정말 창피해. 훔치는 애들 대부분이 십대라고."

가게의 화장품을 더할 나위 없이 아끼고, 그걸로 화장을 하고 있음에 틀림없는 언니의 말에 나는 어깨를 움츠렸다.

모두 다 언니의 말대로다. 유이의 말장난에 놀아나서 한순간 립글로스를 주머니에 넣을까 망설였던 나 자신이 한심했다.

"네가 친구를 고자질하기 싫어하는 마음은 알겠어. 우리의 목적은 도둑질을 없애는 것이지 범인을 찾는 게 아니야. 그러니까 그 애들을 만나면 이 말만 전해 줘. 이 가게는 지금까지 엄청난 피해를 입었다고, 제발 이제 훔치는 짓 좀 그만하라고."

결국 나는 아오이네 이름을 댔다. 세 사람이 같은 반이라는 사실도 솔직히 말했다. 나 따위가 말해 봤자 그 세 사람이 도둑질을 그만둘 것 같지는 않았다. 역시 선생님이나 부모님이 확실하게 야단칠 수밖에 없다.

점장은 학교에 연락하겠다고 했다.

이제 나는 아오이네랑 완전히 끝난 거다. 어쩔 수 없다. 이렇게 될지도 모른다고 얼마 전부터 어렴풋이 예감은 하고 있었으니까.

나도 부모님을 소환해야 하는 신세가 되었다. 제발 부모님만은 부르지 말았으면 했지만, 어쩔 수 없다. 내 주머니에서 파운데이션이 나온 건 사실이니까.

엄마는 허둥지둥 가게로 달려왔다. 나를 보자 야수 같은 얼굴을 하더니, 바로 면목 없다는 표정을 지으며 점장에게 몇 번이나 머리를 숙였다. 나는 도둑질 같은 거 하지 않았다고 했지만 완벽하게 무시당했다. 엄마는 내 머리통을 밀면서 강제로 사죄 인사를 시켰다.

"부모님께서 확실히 타일러 주세요. 손버릇 나쁜 애들과 어울려 다니면 안 된다고요."

점장이 그렇게 말하자, 엄마는 또 머리를 숙였다.

"하지만 도둑질을 하지 않았다는 따님의 이야기는 사실일 거라고 생각합니다."

그 말을 들은 엄마는 눈물이라도 쏟을 듯한 얼굴로 또다시 깊이 머리를 숙였다. 이제 됐다고 말려도 끈질기게 머리를 조아렸다.

이러한 인사 공세가 빛을 본 것인지, 막판에는 점장도 웃으면서 우리를 배웅해 주었다. 아까 얘기한 점원 언니도 또 오라면서 손을 혼들었다.

"이제 가면 안 된다."

엄마가 무서운 얼굴로 속삭였다.

"이렇게 창피하기는 태어나서 처음이다."

그러니까, 난 안 훔쳤다니까. 하긴 도둑질만의 문제는 아니겠지.

"오늘 밤에야말로 아빠더러 제대로 얘기 좀 하라고 말할 거야."

딸에게 훈계할 일만 생기면 도망가는 우리 아빠. 그러나 오늘 밤만은 도저히 그럴 수 없었던지, 나와 마주앉아서 엄마의 보고에 귀를 기울였다.

엄마의 이야기가 끝나자, 아빠는 팔짱을 끼고 잠시 천장을 보더니 나를 쳐다보았다.

"이제 그런 애들이랑 어울려 다니지 마. 알겠지, 스미레?"

말 안 해도 이미 쫓겨난 몸이다.

"그 애들 상습범이지?"

엄마가 말했다. 아마 상습범이겠지. 훔치는 걸 본 건 오늘이 처음이지만.

"설마 너도 훔친 건 아니겠지?"

"안 했어. 아까부터 말했잖아!"

"소리 지르지 마. 네가 잘못한 거잖아. 네가 의심받을 만한 행동을 하니까 아빠가 걱정하시는 거잖니."

"전부터 말하려고 했는데, 그런 화장 그만둬. 그렇게 화장품을 몇 가지씩이나 바르고 다니니까 물건에 손을 대게 되는 거야. 중학생이면 중학생답게 행동해. 아빠 어렸을 때 그런 화장은 접대부나 하는 거였어. 아무리 시대가 바뀌었다지만, 도대체 나라가 어찌 되려고 이러는 거야?"

"맞아. 내가 어릴 적에도 날라리들이 있었지만, 지금 같은 꼬락서니는 아니었어. 요새 애들은 정말 무슨 생각을 하고 사는 건지."

아빠와 엄마는 그 뒤에도 한참 동안 나한테 잔소리를 했다. 둘이서 설교를 하면 반드시 부부 싸움으로 발전하곤 했는데, 오늘은 죽이 척척 맞았다.

너무나도 끈질기게 잔소리가 계속되자 또 눈물샘이 출렁거렸다. 왠지 지치고 한심하고 바보 같고 분했다. 나는 부모님 앞에서 조용히 눈물을 흘렸다.

"울고 있긴 한데, 제대로 반성하고 있는 거냐?"

아, 아빠는 여전히 아무것도 모르는구나.

딸이 왜 이런 꼴이 됐는지 전혀 이해하려고 하지도 않으면서, 도둑질이나 화장처럼 표층적인 것 외에는 보지 않는 두 사람한테 짜증이 났다. 지금까지 나 자신을 바꾸려고 발버둥을 쳤는데 결국 좌절해 버린 답 없는 자신에게 화가 났다. 내 성격으로는 도저히 진입할 수 없을 것 같은 중학생 사회를 만들어 놓은 세상도 저주스러웠다. 그래서 눈물이 나온 거다.

물론 반성해야만 하는 상황이라는 건 알고 있다. 하지만 나 말고도 반성해야 할 사람이 산더미처럼 많다는 사실도 알아줬으면 한다.

　그건 그렇다 치고, 나 요즘 정말 잘 우는구나. 아아, 싫다.

　하지만 눈물 흘린 보람이 있었는지, 엄마와 아빠는 곧 설교를 멈추고 침실로 들어갔다.

　그날 밤, 이제부터 내 미래가 어찌 될지 너무 불안해서 한숨도 자지 못했다.

이제부터 어떻게 될지, 대충 예상은 할 수 있었다. 그리고 예상대로 됐다.

맨 처음 상황으로 돌아간 것이다. 나는 또 반에서 혼자가 되었다.

아오이네도 부모님을 불러야 했다. 남들 모르게 학생 주임 선생님에게 혼쭐이 난 모양이다. 의욕 없는 교사만 가득한 학교라지만, 아무리 그래도 도둑질은 그냥 넘길 수 없었을 거다.

세 사람은 나도 같이 물건을 훔쳤다고 주장했지만(고자질한 것에 대한 보복이겠지), 가게 점장님과 알바생 언니가 내 결백을 믿어 준 덕분에 처벌받지 않았다.

그리하여 나는 아오이 그룹에서 완벽하게 탈퇴했다. 또다시 고독의 길로 돌아온 것이다. 하지만 예전에 혼자 다닐 때와 지금은 완전히 다르다.

막 중2가 되었을 무렵에는 맘이 불편하긴 했지만 노력하면 어찌 될지도 모른다는 작은 희망이 있었다. 하지만 지금은 노력해도 별수 없다는 사실을 확실히 깨우친 상태다.

그러니 예전과는 비교도 안 되게 최악의 상황인 것이다.

아오이와 유이는 나를 째려보고, 카나에는 날 보면 침을 뱉듯이 쌍욕을 했다. 이 세 사람이 나와 말을 섞지 말라고 물밑에서 작업이라도 했는지, 교실에 있는 모든 아이들이 나를 무시하고 있다. 타쿠도 그때 이후 나한테 말을 걸지 않는다. 역시 아오이랑 헤어진 걸까? 걔 입장에서 우울할 만도 하겠지만, 나도 엄청나게 암울하다.

그래서 말인데, 잠깐 딴 이야기를 해야겠다.

'리스트 컷'이라는 게 있다.

손목을 긋는 자해행위인데, 의외로 안 아프단다. 뭐랄까, 힘이 쭉 빠져나가는 것 같은 기분이 든다고 어느 블로그에 쓰어 있었다.

나 같은 인간한테 이런 게 도움이 될 것 같은데, 막상 칼을 들면 무서워서 그만두게 된다. 그리고 우리 집 칼은 이가 빠져 있다. 그렇다고 새 칼을 사기도 뭐하고.

결국 내겐 손목을 그을 용기조차 없다는 걸 확인했다. 그런 짓은 안 하는 게 낫다는 거야 잘 알고 있지만….

2월이 되자, 나를 향한 무시 행위와 괴롭힘이 더욱 심해졌다.

결국 나는 뇌사 상태에 돌입했다. 뇌사 상태란, 거북이가 등껍질 속에 머리를 집어넣는 것처럼 의식을 외부로부터 완전히 차단한 상태를 말한다. 이렇게 하면 주위에서 일어나는 일이 전혀 신경 쓰이지 않는다. 기쁜 것도 슬픈 것도 싫은 것도 구별이 안 된다. 돌멩이처럼 아무것도 느낄 수 없다.

중학교 2학년 학기가 얼마 남지 않았다는 생각에 가능했던 것 같기도 하다. 앞으로 한 달 반밖에 안 남았다. 한 달 반이 지나면 중학교 3학년이 된다. 반도 전부 바뀐다. 그러면 아무래도 지금보다는 나은 환경이 날 맞이하겠지. 지금이 내 인생에서 최악의 상황이니까.

그리하여 나는 아무와도 말을 섞지 않은 채 모든 정보를 차단하고 조용히 시간이 흐르기만 기다렸다. 상황을 바꾸려고 도전하는 행동은 하지 않았다. 제대로 고민하기 시작하면 아마 정말로 자살하고 싶어질 거다.

그러나 이런 내게 말을 거는 사람이 있었다. 누구일 것 같은가?

바로 준이다. 노구치 준이치. 광물을 좋아하는 남자아이. 그래서 돌처럼 굳어버린 나한테 흥미를 가진 걸까? 그럴 리야 없겠지만.

어쩌다 그랬는지는 모르겠지만, 준의 자리는 겨울방학이 끝나고 자리 배치를 바꾼 후에도 내 옆이었다. 여름방학 전에는 자기야말로 한 덩이의 바위였던 주제에, 요새 꽤나 말수가 많아졌다. 하지만 난 차갑게 무시했다. 나는 돌이니까.

야, 대화할 맘이 있었다면 1학기 때 했어야지. 그때까지는 나도 인간이었다고. 하라주쿠 사건 이후 의외로 좋은 사람이라고 생각했지만…. 미안한데, 지금의 나에겐 상관하지 말아 줬으면 좋겠어.

너도 돌이잖아. 돌이면 돌답게 뚱하니 입 다물고 있으라고. 다른 돌덩이한테 신경 쓰지 말고!

이게 내 진심이었다. 남자 같은 건 질색이었다. 아, 이 사람은 남자가 아니라 돌이지. 방금 한 말은 취소하겠다.

하지만 준은 내 기분에 신경 쓰지 않고 점점 더 적극적으로 다가왔다. 아침에는 반드시 인사하고, 내가 반응하지 않는다는 걸 알면서도 대화를 시도했다. 옛날에는 잘 나가던 일본이 불경기에 빠지더니 PC방 노숙자가 생겼다느니, 선진국 중에서 제일 빈부격차가 심한 국가가 됐다느니.

왼쪽 귀로 듣고 오른쪽 귀로 흘리면 될 텐데, 이상하게도 준이 하는 말은 머릿속에 와 박혔다. 게다가 준은 꽤 박식했다. 성적은 그렇게 좋지 않은데, 학교에서 가르쳐 주지 않는 지식들 위주로 알고 있는 모양이었다.

하지만 나는 계속 반응을 보이지 않았다. 반응하지 않았던 이유는 아까 말한 것 외에도 하나 더 있다. 그때까지는 내 헤어스타일이 화장실 귀신 같다며(머리 염색도, 기르는 것도 그만두고 싹뚝 잘라 버렸다) 들으라는 듯이 대놓고 험담하던 반 아이들이, 준의 태도 변화를 깨달았던 것이다. 역시 이상한 녀석들끼리 어울린다며 다들 떠들어 대기 시작했다. 아무리 주변을 차단한 돌덩이 상태라지만 신경을 안 쓸 수가 없었다. 근거도 없는 소문이 돌아다니는 건 참기 어려웠다.

준은 내 남친이 아냐! 남친 같은 거 만들 생각 없어!

소문을 확산시키고 싶지 않았다. 준과 내가 아무 사이도 아니라는 것을 각인시킬 필요가 있었다. 그래서 계속 준을 무시했다.

하지만 준은 굴하지 않고 말을 걸었다. 헐, 이건 도대체 뭐니? 차갑게 대할수록 불타오르는 그런 성격이었나? 돌인 척하던 주제에, 어쩌다 이렇게까지 된 거야?

"사촌이 다니던 중학교에 급식비를 못 내는 애가 있었대."

어느 쉬는 시간에 준이 이야기를 꺼냈다.

"모자가정인데 어머니가 직업이 없었대. 불경기인 데다 우리나라는 한부모가정에 워낙 냉정하니까."

돌부처 표정으로 칠판을 노려 보고 있던 내 마음에 조금 흥미가 일었다. 하마터면 준 쪽을 돌아볼 뻔했지만, 애써 앞쪽에 시선을 고정했다. 준은 포기하지 않고 이야기를 계속했다.

"생활보호를 받으려고 신청했는데, 심사가 굉장히 까다로웠대. 기업들이 아이 있는 여성을 고용하기 싫어하니까 생활보호 신청까지 한 건데, 동사무소는 최대한 보조금 지급을 미룬다더라고. 그 아이는 초등학생인 여동생이 두 명이나 있어서 중학생인데도 알바를 했대. 가난하지만 반에서는 꽤 인기 있는 친구였나 봐."

아아, 그래? 걔를 내 처지랑 비교할 참이야? 한부모가정도 아니고 돈 문제도 없는데 왕따당해서 미안하네. 그리고 그 사촌네 친구처럼 강하지도 않고 어리광이나 부려서 더 미안해해야 하는 거지?

"그러다 결국엔 못 버텼나 봐. 알바하는 곳에서 돈을 훔쳐서 반 아이들한테 먹을 걸 쏘고 다녔대. 결국 다 들통 나서 가게에선 잘리고 어머니한테 혼나고 가출했다가 경찰에 잡혔어. 반 아이들한테도 은따당했고."

뭐?

놀라서 그만 준 쪽으로 고개를 돌렸다. 저편에 앉아 있던 유이와 카나에가 우리의 움직임을 감지하고는 손가락질하면서 비웃었다.

"5년 전 얘기야. 그 사람은 고등학교를 졸업하고 식품회사에 취직했어. 그리고 올해 기상 예보사 시험에 합격했대. 굉장하지?"

뭐야, 너 도대체 무슨 말을 하고 싶은 거야? 왜 그런 얘길 나한테 하는 건데?

이러한 준의 열의에 발맞추어 반 아이들도 점점 음습해졌다. 지금까지는 욕하거나 무시하거나 째려보는 정도였는데, 교과서나 체육복을 숨기고 실내화 안에다 쓰레기를 버리는 수준으로 진화했다.

그런 짓을 당할 때마다 나는 뇌사 수준을 올렸다. 무슨 일이 있어도 움직이지 않는다. 대답하지 않는다. 놀라지 않는다. 슬퍼하지 않는다. 화내지 않는다. 나는 후지 산 드넓은 숲속을 굴러다니는 한 덩이 바위인걸. 미사일이라도 쏘지 않는 한 부술 수 없어.

그러나….

기말시험도 끝나고 봄방학이 코앞으로 닥쳐온 어느 날이었다. 제 아무리 돌덩이라도 울고 싶어질 만큼 심한 일이 일어났다.

학교에 갔더니 책상이 없었다. 의자도 없었다. 주변을 둘러보았지만 내 책상 같아 보이는 건 교실 어디에도 없었다. 반 아이들은 모두 나를 무시한 채 떠들고 있었다.

가방을 멘 채로 교실을 나왔다. 복도, 계단 아래, 다른 반도 훔쳐보았는데 남은 책상 같은 건 어디에도 없었다. 일단 교실로 돌아왔더니 순간 모든 아이들이 나를 쳐다보았다. 하지만 금방 눈을 돌리고는 떠들고 노는 척하기 시작했다.

이건 도저히 돌덩이인 척할 수 있는 상황이 아니었다.

"내 책상 어딨어?"

몇 달 만에 교실에서 목소리를 냈다. 아이들은 당연히 나 같은 건 무시한 채 떠들고 있었다.

"내 책상 어딨냐니까! 누가 숨긴 거야?"

찢어지는 소리를 냈더니 교실이 갑자기 조용해졌다. 침묵이 계속되자 카나에가 지친 듯 대답했다.

"시끄러. 그딴 거 몰라."

하마터면 정신줄을 놓아 버릴 뻔했지만, 그때 준이 교실로 들어왔다. 내 얼굴을 본 준은 무시당할 걸 무릅쓰고 내게 인사했다.

"안녕."

그러더니 금세 이변을 깨달은 모양이었다.

"어? 네 책상 어딨어?"

"몰라. 누가 숨겼나 봐."

반사적으로 대답했다. 왠지 내 편이 말을 걸어 준 것 같은 안도감을 느꼈기 때문이다. 하지만 금세 실수를 깨닫고선 입을 다물었다. 다시 복도로 나가 끝에서 끝까지 둘러봤지만 역시 아무데도 없었다.

이번에는 1층까지 내려가서 출입구 근처를 찾아보았다. 곧 조회 수업종이 울릴 텐데. 선생님이 교실에 들어왔을 때 나만 혼자 서 있는 그런 바보 같은 짓은 하고 싶지 않다.

다시 계단을 올라갔다. 이번에는 3층까지 올라갔다. 이쪽은 1학년 구역이다. 복도를 지나는데, 남자 화장실 쪽에 애들이 모여 있었다.

"이게 뭐야?"

"이 책상, 누구 거지? 혹시 4반 이시이 거 아냐?"

"그 돼지? 아닐걸. 아까 자리에 앉아 있는 거 봤는데?"

"그럼 누구 건데?"

뭘 두고 하는 얘기일까. 목을 길게 빼고 살펴보니, 그건… 내 책상이었다.

내 책상과 의자가 1학년 남자 화장실 안에 있었다. 책상 위에 뭐라고 쓰인 종이가 붙어 있었다. 큰 글자여서 복도에서도 읽을 수 있었다. 눈에 힘을 주고 읽었다.

'너한테 자리 같은 건 필요 없어. 빨리 퇴학당해 버려. 너 따윈 질색이야.'

머릿속에 무거운 커튼이 드리워졌다. 순간 의식을 잃을 뻔했다.

사람이 이렇게까지 잔인해질 수 있는 걸까? 도대체 내가 너희들한 테 뭘 잘못한 거야?

"야, 비켜!"

쓰러질 것 같은 순간, 그 목소리가 나를 일깨웠다. 어느새 내 옆 에 준이 서 있었다. 준은 무서운 얼굴로 1학년들을 쳐다보더니 성 큼성큼 남자 화장실로 들어가서 책상에 붙은 종이를 뜯어냈다. 그 리고 종이를 구겨서 쓰레기통에 버리려다가 바지 주머니에 쑤셔 넣었다. 그러더니 책상과 의자를 들고 화장실을 나왔다.

준과 나 둘이서 책상을 옮겼다. 계단을 내려가 2층 교실 앞에 왔 을 때 조회시간을 알리는 종이 울렸다.

우리가 책상을 들고 교실로 들어가자 와자지껄 시끄럽던 교실 안이 일순간 조용해졌다. 우리는 모두의 주목을 받으며 책상과 의 자를 원래 자리에 돌려놓았다. 그러나 그게 끝이 아니었다.

준이 교실 안을 빙그르르 돌아보자, 다들 잘못한 사람처럼 눈을 피했다. 주머니 속에서 구겨진 종이를 꺼낸 준은, 놀랍게도 그것을 아오이 쪽으로 힘껏 던졌다.

아오이와 거기 함께 있던 유이와 카나에는 분노에 찬 준의 표정 에 압도당한 채 눈길을 피했다.

그런 험한 일까지 겪고 나니, 더 이상 학교에 가고 싶지 않았다.

다음 날 아프다고 핑계를 대고 학교를 쉬었다. 봄방학까지 앞으로 일주일밖에 안 남았다는 사실이 나를 더 부추겼다. 내 안에서 중2는 이미 끝났다. 다른 애들보다 일주일 정도 빨라도 괜찮잖아. 그런 험한 꼴까지 당했는데.

내 방에 틀어박혀 온 힘을 다해 학교 생각을 머릿속에서 몰아냈다. 조용히 음악을 듣거나 책을 읽었다. 몸은 어떠냐고 엄마가 물어보면 나른하다거나 어지럽다고 대충 둘러댔다. 밥도 내 방에서 혼자 먹었다.

꾀병이라는 사실은 너무나 명백했다. 하지만 부모님은 어째서인지, 이번만은 나를 그냥 내버려 두었다. 내 모습이 너무나 섬뜩해서였을지도 모른다.

결석 사흘째. 드디어 담임인 요시다 선생님이 집에 왔다. 나는 계속 방에 틀어박혀 있었다. 선생님은 1층 거실에서 엄마와 이것저것 얘기하고 있는 듯했다. 대충 2시간 가까이 지났다.

진짜 싫다. 엄마 아빠한테 다 들킨 거잖아.

난 집에서 왕따에 대해 절대로 말한 적이 없다. 창피한 데다 걱정할 테고, 봄방학 전까지만 참으면 된다고 생각했기 때문이다.

하지만 요새는 또 어찌 될지 모르는 일이라는 생각이 든다. 중3이 되고 반이 바뀌어도 상황이 똑같으면? 맘이 맞는 친구를 사귀지 못할 뿐만 아니라 또 왕따당하는 거 아닐까?

애초에 난 중학교랑 안 맞는다. 솔직히 중학생 따윈 딱 질색인데, 어른들 때문에 억지로 중학생이 된 불행한 소녀란 말이다. 어린 친구의 인생에다가 자기네 멋대로 정한 레일을 깔지 말라고 인권보호단체에 호소하고 싶을 정도다.

그런 생각을 하고 있는데 노크하는 소리가 들렸다.

"스미레. 선생님이 하실 말씀이 있대."

엄마의 목소리였다. 요시다 선생님이랑 같이 방 앞에 있는 모양이었다.

도저히 들어오지 말라고는 할 수 없어서 선생님을 방 안에 들였다. 엄마는 우리를 배려한 건지, "천천히 말씀 나누세요"라고 하고는 방을 나갔다.

선생님의 이야기를 요약하면 다음과 같다.

내 책상을 숨긴 범인은 시키시마 카나에고, 공범은 미쯔하시 아오이와 다카나시 유이다. 카나에의 1학년 남동생이 3층 남자 화장실까지 책상을 옮겨 줬단다. 누나가 남동생을 이런 일에 끌어 들이다니.

도둑질 사건도 있었던지라 셋 다 자택 근신이라는 엄한 처분을 받았다고 했다. 세 사람 모두 반성하고 있단다. 3학년이 되면 나는 2반이고, 이 세 명 중 누구와도 같은 반이 되지 않으니까 봄방학이 끝나면 안심하고 등교하라고 했다. 그리고 이제 곧 방학이니까 그때까진 계속 쉬어도 되지만, 가능하면 종업식에는 나와 줬으면 좋겠다고 덧붙였다.

'네, 그러신가요. 그런다고 내가 안심할 것 같아요? 중 3이 된들 뭐가 달라지겠어요. 미안하지만 종업식에 나갈 생각 전혀 없어요.'

물론 이런 생각을 입 밖으로 내지는 않았다. 단순한 선생님은 내 기운을 북돋아 주는 데 성공했다고 생각했는지 싱글거리며 웃는 얼굴로 돌아갔다.

결국 종업식에도 참석하지 않은 채로 봄방학에 돌입했다. 종업식에 안 가냐고 엄마랑 아빠가 물어보긴 했지만, 내가 고개를 저었더니 아무 말도 하지 않았다. 내가 필사적으로 노력하던 시절에는 그렇게 잔소리를 하더니.

봄방학도 대부분 방 안에서 보냈다. 온종일 잠옷 차림이었다. 바깥에 나갈 기분이 나질 않았다. 그리고 보니 내가 자택 근신 처분을 받은 것 같잖아.

하지만 방 안에 틀어박히는 것도 꽤 괜찮았다. 원래 햇빛도 안 좋아하고 운동하는 것도 싫어하니까. 손이 닿는 곳에 거의 모든 게 마련되어 있는 환경은 편리하고 쾌적하다. 나한테 필요한 건 음악과 책(만화 포함), 게임, 그리고 과자 정도였다. 단 것도 좋지만, 감자칩같이 짠 과자도 의외로 맛있다. 밥은 그다지 먹을 기분이 나지 않는데 이상하게 과자에는 입맛이 당겼다.

초등학교 시절엔 책도 꽤 많이 읽었는데 중학생이 된 뒤로는 독서량이 확 줄었다. 그걸 만회하기 위해서 글이나 이야기는 닥치는 대로 욕심내어 읽었다. 서점에 가는 게 싫어서 전부 인터넷으로 샀다. 물론 지불은 엄마가 했다. 택배 기사가 와서 "후불인데요"라고 하면 돈을 낼 수밖에 없을 테니까. 시킨 적 없으니 반송하겠다고는 차마 말 못하겠지.

태양이 눈부신 날에는 커튼을 치고 음악을 듣거나 책을 읽었다. 그것마저 질리면 게임을 했다. 그런 나날이 2주간이나 계속되자, 엄마 아빠는 아무래도 걱정이 되었던 모양이다.

"스미레, 장 보러 갈 건데 같이 가자."

엄마가 말했지만 나는 고개를 저었다.

"요새 날씨가 따뜻해졌어. 역 앞에 벚꽃이 한창이더라. 보러 가자."

"아냐, 됐어. 할 일도 있고."

"그래? 알았어. 참, 너한테 우편물들이 왔는데."

"응. 거기 놔둬."

엄마는 산더미 같은 우편물을 책상 위에 놓아두고 나갔다. 흘낏 보니 거의 다 카탈로그였다. 지난 일주일 간 인터넷몰에서 폭풍 쇼핑을 했더니 신상품 광고지가 마구 날아오고 있었다. 옷이며, 신발, 화장품…. 이제 그런 거랑 인연이 없는데 말이다. 산더미 같은 봉투는 그대로 방치되었다.

그러던 어느 날, 화장실에 가려다 책상에 다리를 부딪히는 바람에 쌓여 있던 봉투 더미가 무너져 내렸다. 봉투들이 마루 위에 엉망으로 흩어졌다.

뭐야, 젠장!

부딪힌 정강이를 문지르면서 눈물을 찔끔거리고 있는데 봉투 하나가 눈에 띄었다. 광고지가 아니었다. 내 주소와 이름이 손글씨로 쓰여 있었다. 봉투를 살펴보니 준의 이름이 적혀 있었다. 허둥지둥 봉투를 뜯어서 안에 들어 있는 노트 종이를 꺼냈다.

아사오카 스미레에게

한 번 더 볼 수 있을 줄 알았는데 그러지 못할 것 같아서 편지를 쓴다. 실은 나 전학 가거든. 아버지 일 때문에 다음 달부터 삿포로에 있는 학교에 다니게 됐어. 겨울방학 때 전학 얘기가 나오고 너한테 얘기하려고 줄곧 생각했는데, 기회가 없어서.

새로운 학교에 간다고 해서 그다지 희망이 샘솟는 건 아니지만, 학교에서 싫은 일만 생기는 건 아니라고 생각해. 그래도 가끔 재밌는 일이 있지 않을까?

그럼 또.

　　　　　　　　　　　　　　　　　　　　　　　－ 노구치 준이치

야, 잠깐만.

전학 간다는 얘긴 처음 듣는단 말이야. 쓸 말이 이것밖에 없어? 그리고 편지를 시작할 때는 뭔가 계절에 맞는 인사라도 써야 하는 거 아냐? 지나치게 용건만 간단하잖아! 맺음말이 '그럼 또'라니, 삿포로 연락처도 안 적어 놨으면서!

나는 이제 와서야, 너무나 너무나 너무나 너무나 중요한 사실을 깨달았다.

아직 준에게 고맙다는 말을 안 했다!

겨울방학 이후, 나는 줄곧 내 껍질 속에 틀어박혀 있었다. 그런데 평소대로라면 고잉 마이 웨이 모드였을 '그' 준이, 매일 나에게 말을 걸어 줬다.

지금 알았다.

지금까지 그 사실을 모른 내가 바보였다.

1학기 때는 준처럼 혼자였지만, 왕따를 당하진 않았다. 잠깐이었지만 마이카네 그룹과 교류도 했고. 2학기 때 겨우 교실 사회 속으로 진입하는 데 성공했다. 우리 학년에서 제일 상위에 있는 그룹의 멤버가 되어서 청춘을 구가했지.

그래서 준은 나한테 신경 쓰지 않았던 거다. 자기 말고도 나한테 말을 거는 사람이 있었고, 반 아이들에게 은따 당하는 것도 아니었으니까. 하지만 겨울방학 이후 내가 그런 상황에 놓이니까, 전혀 말 많은 성격이 아닌데도 일부러 나한테 다가왔다. 그런데 나는 입을 꾹 다물고 그 애를 무시했던 거다.

지난 몇 달 동안 내 기분은 최악이었다. 리스트 컷을 생각했을 정도니까. 하지만 상냥하게 신경 써 주는 사람을 방해물로 취급해 놓고선 그런 것들을 변명거리로 내세울 순 없다.

나는 얼마나 지독한 이기주의자였나.

책상이 없어진 날, 준이 아니었다면 나는 분명 폭발했을 것이다. 커터칼을 들고 아오이한테 덤벼들던가, 비틀거리며 옥상에 올라가 몸을 던졌을지도 모른다.

그가 내 분노를 대변했고, 쿠션 역할을 해 주었다. 그 덕분에 소년원이나 시체 안치소에 수용되지 않았다. 준 덕분에, 나는 지금 여기 앉아 느긋하게 감자칩 부스러기를 볼에 묻히면서 음악씩이나 듣고 있을 수 있는 것이다.

문득 정신이 들어서 봉투의 소인 날짜를 확인했다. 4일 전에 부친 편지다. 봄 방학이 앞으로 3일 남았으니까, 어쩌면 준은 아직….

나는 잠옷 위에 코트를 걸치고서 방을 뛰쳐나갔다. 놀란 엄마가

"그런 꼴로 어딜 가니!"라고 하셨지만, 무시하고 밖으로 뛰었다.

오랜만에 보는 직사광선에 눈이 부셨다. 달리려고 했는데 무릎이 푹 꺾였다. 꽤 많이 약해진 모양이다. 역시 틀어박혀 있기만 하는 건 좋지 않다. 다리에 힘을 실어서 다시 아스팔트를 박찼다. 이번엔 비틀거리지 않고 달리는 데 성공했다.

준이 사는 곳은 대충 알고 있다. 변전소 뒤쪽이다. 달려가면 십 분쯤 걸린다.

준, 왜 이사한다는 얘길 안 해 준 거야. 제일 중요한 얘긴 안 하고, 사촌 친구 얘기나 하다니. 이 바보야.

자전거를 타고 병원에서 몰려나오던 초등학생 아이들이 전력 질주하는 나를 멍한 얼굴로 쳐다보면서 스쳐 지나갔다.

하지만….

준이 말을 꺼내지 못했던 건, 내가 입을 다물고 있었기 때문이겠지. 이사한다고 얘기해도 반응하지 않으면, 제아무리 준이라 해도 풀이 죽을 테니까. 그러니까 불황이나 모자가정 이야기로 내 관심을 끌었던 거다. 준, 나 때문에 말할 용기가 나지 않았던 거구나. 미안해.

하지만, 하지만! 역시 용기를 내서 말해 줬으면 좋았을걸.

이제 와서 그런 소리를 할 처지가 아니라는 건 알고 있지만, 그래도, 그래도, 그래도…. 혹시 말해 줬다면, 나는 좀 더 빨리 준의 존재를 깨달았을 거야. 전학 가기 전까지 남겨진 짧은 시간을 후회

없이 보낼 수 있도록, 소중한 삶을 누리면서 살았을지도 몰라. 왜 나한테 아무 말도 안 했던 거야!

머릿속에서 온갖 말들이 맴도는 사이, 코끝이 시큰해졌다.

진짜 싫다. 또 눈물이야? 이제 그만 좀 해.

콧물을 들이마시면서 변전소까지 왔다. 이 근처에 준네 집이 있다. 주변을 둘러보니 조금 떨어진 곳에 파출소가 있었다. 파출소 앞까지 질주한 나는 순경 아저씨에게 콧물과 눈물로 뒤범벅이 된 얼굴을 들이대며 준네 집 위치를 물었다. 시원시원하게 길 안내를 해 준 아저씨는 감기 조심하라며 휴지까지 건네주었다. 감사합니다. 잠옷 차림에 코까지 흘리고 있지만, 감기는 아니니까 걱정하실 것 없어요.

아저씨가 알려 준 대로 따라가려 하는 그 순간, 커다란 트럭이 모퉁이를 돌아 내 쪽으로 왔다. 저거, 이사 트럭 아닌가?

굉음을 울리면서 내 옆을 스쳐 지나가는 컨테이너 트럭에 이사 센터 로고가 박혀 있었다.

설마, 저게….

트럭 바로 뒤를 승용차가 따르고 있었다. 운전석과 조수석에는 중년 남녀가 앉아 있었다. 뒤쪽 자리에도 사람이 타고 있는 것 같았지만, 여기서는 잘 보이지 않았다.

차가 스쳐 지나가는 순간 뒷자리를 훑어보았다. 남자 아이 둘이 타고 있었다. 초등학교 고학년 정도 되어 보이는 아이와, 그리고 내 또래 정도의 소년….

역시 준이었다! 아슬아슬하게 타이밍을 맞춘 것이다. 그야말로 기적이다. 감사합니다, 하나님!

나는 차를 향해 크게 손을 흔들었다.

여길 봐, 준!

그러나 준은 왠지 외로운 표정으로 고개를 숙인 채 바로 옆을 스쳐 지나갔다. 나는 더욱 크게 손을 흔들었다. 콧물과 눈물이 또 밀려 나왔지만 신경 쓰지 않았다.

하지만 준은 아직도 눈치를 못 채고 있었다.

좀 보란 말야! 이 멍청아!

"준~!"

지나가던 사람이 멈춰 서서 내 쪽을 바라보았다. 하지만 나는 신경 쓰지 않고 크게 소리를 질렀다.

"준, 고마워!"

멀어지는 차 뒷좌석에서 뒤통수가 꿈틀 움직였다. 졸린 듯이 뒤를 돌아본 준의 눈동자가 순식간에 커졌다.

"고마워! 안녕~!"

나는 흠뻑 젖은 얼굴로 힘껏 소리를 질렀다.

준은 놀란 얼굴을 하고 그대로 굳어 있었다. 무리도 아니다. 지금 내 얼굴은 남에게 보일 만한 몰골이 아닐 것이다. 잠옷 차림인데다 콧물까지 흘리면서 울음 섞인 고함을 지르는, 저 위험인물은 누구냐고 생각하고 있겠지.

하지만 준은 갑자기 뭔가 깨달은 표정을 짓더니 마주 손을 흔들었다. 그를 본 나도 펄쩍펄쩍 뛰면서 크게 손을 흔들었다. 하지만 몇 초 만에 차는 모퉁이를 돌면서 모습을 감추고 말았다.

"안녕, 준…."

손 흔드는 건 멈췄지만, 나는 차가 사라진 모퉁이를 한동안 물끄러미 바라보았다. 멈춰 서서 이쪽을 쳐다보고 있었던 행인들은 아무 일도 없었다는 듯 제 갈 길을 가기 시작했다. 저 사람들은 방금 내가 경험한 드라마 따위는 전혀 상관치 않고 오늘 저녁에 먹을 반찬이나 사러 가겠지. 당연하지만.

그런 걸 상상했더니 갑자기 배가 고파졌다. 힘껏 달리고 울고 고함까지 질러 댄 탓일지도 모르겠다.

오늘 밤에는 오랜만에 밥을 두 그릇 먹을 수 있을 것 같다.

열아홉 살이 된 스미레가 내린 결론

그 아이를 "준"이라고 부른 건 그때가 처음이었다. 나도 모르게 그렇게 외치고 말았다.

그 아이는 지금 어디서 뭘 하고 있을까?

길고 긴 녹음을 다 들은 나는 소파에 몸을 묻고 한숨을 쉬었다.

그 무렵, 나는 바보였다. 아니, 어렸다.

막 중학교 2학년이 되었을 무렵에 문득 일기를 쓰고 싶어져서 펜을 들었지만 3분 만에 좌절했다. 글을 쓰는 게 영 답답해서 아빠가 쓰던 낡은 녹음기를 가져다가 녹음을 시작했다.

네모난 기계를 향해서 넘쳐흐르는 내 기분을 마음껏 쏟아 내고 나면 이상하게 마음이 편해졌다. 그 후, 1년 간 계속 음성일기를 녹음했다.

5년 만에 예전의 자신을 만나 보니 그리우면서도 부끄러웠다.

내 진정한 첫사랑은 역시 호소카와 타쿠지가 아니라 노구치 준이치였다. 둔했던 그 시절 내 모습이 창피해서 낯이 뜨거워질 정도다. 준도 똑같이 둔하다. 분명히 날 좋아했던 것 같은데 결국 마지막까지 고백하지 못했던 모양이다.

그는 혼자서도 자신의 길을 당당히 걸어가는, 중학생 치고는 드물게 자기 정체성이 확실한 소녀이었다. 거기에 비해 소심했던 나는 버둥거리기만 했고, 스스로 겪은 수많은 시행착오들이 사라지지 않고 마음속에 쌓이고 있었다.

지금 돌아보면 웃어넘길 수 있는 이야기지만, 그 무렵의 나는 정말 여러 가지 문제로 고민하고 있었다. 저주받은 나이, 열네 살. 격동의 일 년. 그 일 년 동안 십 년치 경험을 한 것 같다. 열아홉이 된 지금도 그 시절이 내 인생 속에서 제일 찌질했던 시기라고 단언할 수 있다. 그래서 본능적으로 기록을 남겨야겠다고 생각한 걸지도 모른다. 실제로 중3이 되자마자 일기 녹음을 그만뒀으니까.

눈물로 마감한 이별 후, 왠지 모르게 기운이 솟았다. 그날 밤에는 돈까스 세 장에 밥을 세 공기나 먹었다(그런 것까지 기억하고 있군). 그 활기는 봄방학이 끝난 후에도 지속되었다. 덕분에 나는 등교 거부의 길로 빠져들지 않고 중3 신학기로 접어들 수 있었다.

재미있는 사실은, 세상이 다시 시작된 것처럼 새로운 환경이 나를 맞이했다는 거다. 나에 대해 잘 모르는 아이들뿐이기에 또 새로운 고난의 길이 펼쳐질 거라 생각했는데, 의외로 첫날부터 옆자리에 앉은 아이랑 친구가 되었다.

그 친구와 2년 동안 같은 반이었다는 다른 아이 두 명과도 친해져서, 네 명이서 새로운 그룹을 결성했다. 모두 성실한 아이들이었고, 눈앞에 고교 수험이라는 일생일대 이벤트가 기다리고 있었기 때문에 다같이 사이좋게 공부했다.

정말이지, 지금까지 고생한 게 뭐였나 싶을 정도였다. 중 1~2 때는 최악의 상황이었고, 특히나 2학년 때는 그렇게까지 친구를 만들어 보려고 노력했는데 결국 다 실패하고 말았다. 그런데 3학년이 뭐라고 이렇게 잘 풀리는 걸까.

지금까지 충분히 고생했으니까 하나님이 호의를 베푸신 건지, 아니면 나 자신도 모르는 새에 남들이 좋아할 만한 성격으로 바뀐 건지 여러모로 이유를 생각해 봤다. 하지만 양쪽 다 답이 될 수 없다는 사실을 얼마 전에 깨달았다. 인생이란 결국 이런 거다. 중학교 2학년 때 준이 해 주었던 모자가정 이야기. 지금에 와서야 그 일화에 숨은 의미를 겨우 깨달았다.

모자가정에서 자라났고 노력가에다 인망도 있지만, 한순간 내리막길로 굴러 떨어질 수 있는 것이다. 하지만 결국 고생고생해서 기상 예보사에 합격했다잖아. 그 사람은 지금 뭘 하고 있을까? 방송국에서 기상 예보사로 일하면서 돈을 모으고 있을까? 아니면 또 내리막길에서 넘어져 굴러 떨어지고 있을까?

양쪽 다 충분히 있을 수 있는 얘기다.

스스로의 힘으로는 도저히 어쩔 수 없는 것에 휘둘리는 것이 인생이다. 그렇다고 해서 자포자기하라는 뜻은 아니다. 노력해 봤자 소용없다는 말은 거짓말이니까.

노력은 중요하다. 그런 관점에서 보면 중2 때의 나는 박수를 받아야 마땅하다. 하지만 노력해도 잘 안 될 때는 지나치게 고민하면 안 된다. 좋아하는 간식이나 따뜻한 차라도 들면서 폭풍이 지나가기를 얌전히 기다리는 편이 낫다. 폭풍우는 금방 지나갈 테니까. 절대로 리스트 컷 따위를 해서는 안 된다.

이것이 열아홉 살이 된 내가 내린 결론이다.

아까 하던 이야기로 돌아가자. 내가 지금 이렇게 있을 수 있는 건, 중학교 3학년 때 친구가 된 그 애들 덕분이다. 그 무렵 나는 내게 맞지 않는 행동은 절대로 하지 않겠다고 맹세했다. '이제부터 어떻게 살아야 하는가'라는 의문에 맞부딪혔을 때, 역시 학생의 본분은 공부라는 걸 깨닫게 해 준 아이들이기 때문이다. 그 애들 덕분에 중학교 생활도 끔찍하기만 한 것은 아니라는 사실을 깨달았다. 감사할 일이다.

멋 부리기도 그만두고 성적도 올린 나를 보며 부모님은 싱글벙글거리는 표정을 감추지 못했다. 정말 단순하다니까. 우리 부모님도 고쳐야 할 점이 산더미처럼 많지만… 뭐, 그건 이제 됐고. 말해도 소용없잖아. 어떤 부분은 아무리 노력해도 바꿀 수 없다는 걸 나도 이제 알게 됐으니까.

성실하게 공부한 보람이 있어서, 나는 그럭저럭 괜찮은 고등학교에 무사히 합격했다. 고등학교도 중학교랑 완전히 달랐다. 다들 침착하고, 사려 깊고, 자신과 다른 사람도 인정해 주었다. 중학교 시절과 비교해 극단적으로 시끄러운 아이나 반항적인 아이는 거의 없었다. 물론 전교생을 다 알고 지낸 건 아니지만 말이다.

비슷한 성적 수준의 아이들을 모아 놓았다는 사실을 감안하더라도, 이건 우리들이 성장해서 어른이 되어 가고 있다는 증거가 아닐까? 중학교 시절과 비교하면 고등학교에서의 3년간은 매우 평화로웠다. 자신의 심경을 필사적으로 녹음했던 중2 시절에 비교하면 완전히 다른 세계다. 그 시절의 나는 이런 미래가 기다리고 있을 거라고는 손톱만큼도 상상하지 못했다.

엄마 말에 따르면, 옛날에는 중학교보다 고등학교가 더 지독했다고 한다. 엄마가 내 나이였을 때 중학생 같은 건 한참 어린애였단다. 고등학생이 되고서야 여러 가지 문제에 눈을 떴던 모양이다.

요즘 아이들은 예전보다 발육이 좋다고 한다. 바람직한 일이다. 사춘기라는 건 어른이 된 후 추억으로 남았을 땐 좋아 보일지 몰라도, 그 한가운데에 있을 때는 그저 빨리 지나가 주기만을 바라는 시기니까.

그리고 나는 올해에 고등학교를 졸업하고 대학생이 되었다. 입학하고 두 달이나 지났는데, 남자건 여자건 꽤 성실하게 공부에 매진하는 느낌이다.

아빠가 대학생이었을 때는 아르바이트나 서클 활동에 매달렸다고 했다. MT도 좋아했고, 술과 자동차에 빠져서 주말에는 여학생과 자주 드라이브를 하러 갔단다. 그래 가지고 제대로 공부는 했냐고 꼬집었더니, 공부 같은 건 거의 안 했다고 도리어 큰소리를 쳤다.

하지만 내 주변에 그렇게 껄렁대는 남자는 없다. 소위 '초식남'이라고 불리는 얌전한 남자들뿐이다. 그래, 노구치 쥬이치처럼 말이다. 뭐, 육식남도 전혀 없는 건 아니지만.

맞아, 육식남이라니 생각났다. 2주 전에 역 앞에서 우연히 타쿠, 호소카와 타쿠지랑 딱 마주쳤다. 5년 만이었다.

타쿠는 완전히 날라리가 되어 있었다. 금발로 염색한 데다 귀걸이를 귀가 안 보일 정도로 잔뜩 매달고 있었다. 중학교 2학년 때 우리한테 수작을 건 남자와 정말 비슷한 분위기다. 어쩌면 정말로 술집에서 일하는 걸지도 모른다. 자신은 재수생이라고 주장했지만, 아무리 봐도 그런 분위기는 찾아볼 수 없었다.

길에서 내 얼굴을 본 타쿠는 "여어!" 하면서 오더니 갑자기 수다를 떨기 시작했다. 5년 동안의 공백 같은 건 전혀 느끼지 못하는 것 같은 타쿠의 태도에 좀 놀랐다. 여자 대하는 데는 천재적인 친구다. 잠시 요즘 서로 어찌 지내는지 얘기하고, 궁금한 친구들 소식을 묻고는 휴대폰 번호를 교환했다. 변태왕자 마미야 유타는 고등학교를 졸업하고 카나가와 현의 경찰이 되었단다. 깜짝 놀랐다. 그녀석이 언제, 어떻게, 누구 때문에 정의에 눈을 뜬 걸까?

잽싸게도 타쿠는 다음 날 바로 전화를 걸어 데이트 신청을 했다.

부드럽게 거절했지만 틀림없이 또 전화할 것 같다.

타쿠도 변했지만, 가장 놀라운 건 바로 미쯔하시 아오이다.

아오이는, 아이돌 가수가 됐다! 시부야에 갈 때마다 스카우트 제의를 받는 아이였으니 당연하다면 당연하겠지. 고등학교 2학년 때 데뷔했단다. 주말 버라이어티 쇼에도 나왔다니 팬도 많을 것 같다.

하지만 방송에서 말을 잘못하는 바람에 지금은 근신 중이다. 데뷔하고 계속 인기가 높아지니까 공중파에서 아무 말이나 해도 된다고 착각을 했나 보다. 생방송에서 자기가 옛날에 물건을 훔치고 다녔다고 떠벌렸단다. 그것도 전혀 반성하지 않는 태도로, 자기가 얼마나 솜씨가 좋았는지 자랑하는 듯이 얘길 했다는 거다.

방송이 끝나고 방송국으로 비난 전화가 쇄도했고, 사죄하는 기자회견까지 열었는데 그때의 태도가 또 가관이었단다. 그 주제에 연예부 기자가 던진 날카로운 지적에 낚여서, "뽀리질은 다들 하는 건데 왜 나만 갖고 그래!"라면서 울고불고 난리를 쳤대나 뭐래나.

연예계 복귀가 어려울 거라고 써 놓은 주간지도 있었다. 아오이, 이젠 그 짓이 범죄라는 거 인정하지 그래?

아오이의 절친이었던 유이와 카나에랑은 일체 연락하지 않고, 뭘 하고 사는지도 모른다. 두 사람 다 아오이처럼 되지 않도록 반성 좀 했으면 좋겠다. 그래도 혹시 그게 사춘기 때의 순간적인 실수라면, 지금은 제대로 살고 있지 않을까?

그리고 마이카를 기억하는가? 종교 집단의 교주님, 에지리 마이

카. 그 애는 나랑 같은 대학에 입학했다. 학부도 똑같다. 게다가 사람이 완전히 변했다. 아니, 내가 그랬듯이 성장한 걸까? 그 절친하던 송충이 눈썹들이 이제 따로 떨어져 있다.

여전히 종교 오타쿠 같은 면이 있긴 하지만, 자기가 만들어 낸 종교를 신봉하는 일은 그만뒀다. 지금은 가톨릭 신자다. 고등학교 1학년 때 세례를 받았단다. 이제 지구 소멸 같은 얘긴 안 한다. 그냥 보통 여자애다. 일요일엔 성당에 가지만 예전처럼 자신의 신앙을 남한테 밀어붙이는 짓은 안 한다. 어깨에 잔뜩 들어가 있던 힘이 빠져서인지 요즘엔 정말 자연스럽다.

가끔 그 애랑 같이 점심을 먹을 때가 있다. 둘이서 5년 전의 추억을 얘기하면서, 그때는 정말 어린애였다고 웃으면서 떠들곤 한다.

그래. 그때 우리는 정말 어렸다. 분장 수준으로 화장을 하고, UV 케어까지 했으니까. 어이, 중2면 중2답게 야외 수영장에 가서 피부나 태우라고!

하지만 난 절대로 그 무렵의 나를 잊지 않는다. 그런 경험 덕에 지금의 내가 있는 거니까. '스미레, 정말 애썼구나'라고 열네 살의 내 머리를 쓰다듬어 주고 싶다.

마지막으로 준 이야기를 해 볼까.

그 애랑은 그날 이후 만나지 못했다. 지금 막 5년 전 이야기가 담긴 카세트테이프를 들었더니 왠지 무척 보고 싶어졌다. 부드러운 머릿결에 깨끗한 피부, 가지런한 손가락. 평소에는 무척 무뚝뚝한 남자애. 하지만 절대로 샌님은 아니다. 행동해야 할 때를 아는 남자다운 면모를 숨기고 있지.

아직도 그 애를 좋아하냐고? 그건 아니겠지, 설마. 열네 살 무렵에 준을 좋아했다는 사실을 다시 확인한 것만으로도 만족한다. 지금은 따로 맘에 두고 있는 사람이 있다. MT에서 만난 1년 선배인데, 지금은 찔끔찔끔 문자만 교환하는 사이이다. 자기 정체성도 확실하고, 껄렁껄렁하지도 않고, 무척 성실해 보이는 사람이다.

어?

그 선배, 준이랑 닮지 않았나?

사실은 올해 여름방학 때 혼자 여행이나 갈까 했다. 행선지는 홋카이도의 삿포로. 작년 여름에는 여름학기 강좌를 듣느라 제대로 논 기억이 없어서 올해는 어디라도 가고 싶었다.

홋카이도라. 삿포로 시계탑이나 마루야마 동물원, 가보고 싶은 곳은 산더미처럼 많지만, 과연 준이 아직 삿포로에 살고 있을까?

아아, 역시 난 준이 보고 싶은 거다.

생각해 보면 우린 계속 옆에 붙어 있었는데 제대로 얘기도 못 해 봤다. 물론 그렇게 된 데는 내 책임이 크지만.

하지만 그렇기 때문에 언젠가 다시 제대로 얘기를 해 보고 싶다. 그리고 다시 한 번 고맙다고 말하고 싶다. 콧물 흘리고 눈물 쏟는 건 빼고, 제대로 얼굴을 들고 그의 눈을 보면서.

그때 갑자기 집 전화가 울렸다. 사람이 모처럼 감개에 젖어 있는

데…. 난폭하게 수화기를 들었다.

"여보세요?"

젊은 남자의 목소리가 들렸다.

"…아사오카 스미레 씨 계신가요?"

"전데요."

수화기는 잠시 침묵했다.

그때였다. 직감이 머리를 때렸다.

어떻게? 이게 텔레파시라는 건가?

"역시, 아직 거기 살고 있었구나. 5년 만이네. 갑자기 목소리가 듣고 싶어서. 아, 미안해. 누군지 모르겠지? 이상한 사람 아니야. 난…."

말 안 해도 알아.

나는 수화기에서 조금 떨어졌다.

콧물 흘리고 눈물 쏟는 건 빼겠다고 맹세한 지 얼마나 됐다고, 눈이 벌써 뜨겁다. 코끝도 시큰거린다.

뭐야, 이게.

열네 살 때랑 똑같잖아.